故事 中国古代寓言

ZHONGGUO
GUDAI
YUYAN GUSHI

BENCONGSHU
BIANWEIHUI BIAN

本丛书编委会◎编

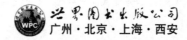
世界图书出版公司
广州·北京·上海·西安

图书在版编目（CIP）数据

中国古代寓言故事/《青少年必读丛书》编委会编.
广州：广东世界图书出版公司，2009.10（2024.2 重印）
（青少年必读丛书）
ISBN 978－7－5100－1085－9

Ⅰ．中⋯　Ⅱ．青⋯　Ⅲ．寓言—作品集—中国—古代
Ⅳ．I276.4

中国版本图书馆 CIP 数据核字（2009）第 169547 号

书　　　名	中国古代寓言故事
	ZHONGGUO GUDAI YUYAN GUSHI
编　　　者	《青少年必读丛书》编委会
责任编辑	魏志华
装帧设计	三棵树设计工作组
出版发行	世界图书出版有限公司　世界图书出版广东有限公司
地　　　址	广州市海珠区新港西路大江冲 25 号
邮　　　编	510300
电　　　话	020-84452179
网　　　址	http://www.gdst.com.cn
邮　　　箱	wpc_gdst@163.com
经　　　销	新华书店
印　　　刷	唐山富达印务有限公司
开　　　本	787mm×1092mm　1/16
印　　　张	13
字　　　数	160 千字
版　　　次	2009 年 10 月第 1 版　2024 年 2 月第 10 次印刷
国际书号	ISBN　978-7-5100-1085-9
定　　　价	49.80 元

前言

Qing shao nian bi du cong shu

中国古代寓言有着数千年的悠久历史，是一个极为丰富的文学宝库，其中不少的著名篇章家喻户晓，并成为人们喜用的成语，譬如"揠苗助长"、"黔驴技穷"、"叶公好龙"、"一叶障目"、"螳螂捕蝉"等等。中国古代寓言的发展，大致经历了几个发展高潮，战国时期、唐宋时期、明清时期；而以寓言本身特点的发展来说，则可以大致划为哲理寓言、讽刺寓言、诙谐寓言三个阶段；如果统而观之，战国时期的寓言多重于哲理，唐宋时期的寓言多重于讽刺，而明清时期的寓言重于诙谐。

古代寓言按照思想内容，又可以概括成三类。

第一类是以生动活泼的比喻讲出深刻的哲理，不仅给人以美的享受，而且给人以智慧。我国自先秦开始，就出现许多哲理性很强的寓言，形成中国古代寓言的一大特色，其中有许多闪耀着朴素唯物主义或辩证法的思想光辉。如

《杞人忧天》说明天不过是积聚起来的气体，没有什么地方没有气体；地不过是土块积成的，土块塞满了四方，没有什么地方没有土地。因此，凭空怀疑天地将要崩坠的想法是毫无根据的。

第二类是具有"劝善惩恶"性质的，其中也有许多给人以积极的启示。《啮镞法》说明心术不正，为一己私利不惜伤害恩人是很卑鄙的。这一类故事当中也有一些消极因素，如宣扬安分守己、因果报应的陈腐观点，对于这些我们应该善于鉴别，给予必要分析和批判。

第三类是"揭发伏藏，显其弊恶"，具有讽刺性的意义。其中有些是针对时政，痛斥恶俗陋习的，在一定程度上暴露了封建社会的黑暗和腐朽。《强取人衣》揭示出世上恶人的巧取豪夺和极端残忍；《猫祝鼠寿》嘲讽了伪善者的虚情假意；《争雁》斥责了那种崇尚空谈，进行毫无意义的争辩的风气；《迂儒救火》表现出拘守封建礼教的迂腐可笑。

本书所收我国古代寓言，有我们熟知的，也有我们陌生的，希望这些人生哲理给读者带来更多的收获！

目 录

Contents

Contents

Contents

Contents

Contents

Contents

Contents

爱钱如命

从前，有一个人爱钱如命。每次用钱，他都感到像抽自己的筋、挖自己的肉一样难受。

有一年，永州洪水泛滥，河水猛涨，冲垮了堤坝，淹没了农田，冲毁了民宅，很多人背井离乡到外地去逃荒。

这位爱钱如命的人，家里也遭了难，凭着他的水性好，才没有被淹死。村里的人都在结伴外逃，他却说什么也不走，因为他藏在村外山上的一口袋钱还没有取回来。邻居几个小伙子陪他划着小船一块儿取回钱来，大家这才上路。

几个人划着船，准备先渡过河去，然后再考虑到什么地方去谋生。不料船到了河中央，突然打起旋来，船在水的漩涡中打转，就是无法冲过去。水浪一次次打过来，小船终于被打翻了，几个人虽然水性不错，终因水流太急被冲出去好远。

折腾了好一阵子，他们才终于抓住了几块船板，任水流飘浮着向下游冲去。

那位怀里装着一口袋钱的人因为用手去摸怀里的钱还在不在，结果手中的船板被水冲走了。虽然怀中的钱还在，但没有了船板的他却感到无法支持了。眼看着他一沉一浮，其余的人都很着急。

有人向他喊道：

"你究竟怎么了？"

他有气无力地说：

"我一点儿力气也没有了，快来帮帮我吧。"

可是，几乎所有的人都已经精疲力竭，只是靠一种求生的本能在支撑着。大家在自顾不暇的情况下哪还有能力救他。

一位邻居忽然想到他身上还带着一口袋钱,就对他喊道:

"快把钱口袋丢了吧,保命要紧呀!"

他摸了摸钱口袋,那是他的命根子,他无论如何也舍不得丢掉,那和要他的命没什么两样。他摇摇头,身子又沉了下去。

人们拼命地喊他、劝他,但他什么也听不见,只是死死地抓着钱口袋,一点点地沉了下去。

爱　驴

从前,有一个老汉很有钱,而且十分精明吝啬,经常靠放债生利息赚钱。后来他年纪越来越大,走路办事很不方便,于是他买了一头驴骑。他对这头驴特别爱护,如果不是很累,他不会轻易骑它。老汉骑毛驴的次数,一年也没超过三四趟。

有一天,天气很热,老汉要到外地去收一笔债,他拉了驴一起去。走到半路上,老汉累得气喘吁吁,这才跨到驴背上走了二三里地。毛驴因不习惯被人骑,也累得气喘吁吁。老汉非常吃惊,忙跳下来,解去驴背上的鞍子。驴子以为主人让它歇息,便照直沿旧道跑回家去了。老汉赶紧招呼驴,毛驴不回头。老汉又怕丢驴,又舍不得扔掉鞍子,只好背着鞍子一步一拐地赶回家。

回到家里,他急忙问毛驴回来没有,他的儿子回答说:"驴儿回来了。"老汉这才松了口气,慢慢解下背上的鞍子。但这时他开始感到脚肿了、脊背也裂开似的疼痛,加上天热中暑,他病了一个多月才康复。

作者刻画了一个吝啬而又利令智昏的有钱人。在日常生活中,动机和效果通常是一致的。老汉由于过分爱惜自己的毛驴,却忘记了买驴时的动机,使客观效果和动机脱节。他以"吝啬"作为行动的准则,所以最终落了个中暑致病的下场。

暗　室

　　从前，在东方的一个古国中，有一位很有名望的老师，他博学多才，而且教书很有方法。有一天夜里，他拿着两枚银钱，分别给了他的两个学生，说："今天我把这两枚钱分给你们，你们拿着钱到集市上随便买一种东西，把这间黑暗的书房填满。"两个学生听了老师的话，就都急忙到集市上去了。

　　没多一会儿，其中一名学生回来了，他用一枚银钱买了稻草，并告诉老师说："用这些稻草，可填满这个书房。"老师说："满是满了，可是书房不是比原来更黑暗了吗？"又过了一会儿，另一名学生也回来了。他只用这枚银钱的三分之一购买了一支蜡烛，点燃后放在房内。他告诉老师说："老师，我已填满这间暗室了！"

　　老师十分高兴地说："好啊！好啊！你用光明来填充暗室，这种办法实在太好了。"由此可见，聪明人善于动脑筋，想办法，他办事的效果肯定比别人更好些。

　　办事情一定要全面考虑，善于动脑筋。老师让两个学生去购物，要满足两个条件，一是充满书房，二是使暗室不暗。显然，后一个学生都满足了这些条件。寓言涵义十分明显，就是在教学中要诱导儿童发挥聪明才智，不能用注入式老方法教学。

百发百中

春秋时期,楚国有一位神箭手,名叫养由基。他射出的箭百发百中,箭无虚发,因此名气很大。有一天,养由基又在表演射箭,他站在百步以外,瞄准一片柳树叶子,"嗖"的一声弓响叶落。围观的人无不拍手叫好,一会儿工夫,围上来几千人,一齐为他欢呼。养由基洋洋自得,一连射出几十支箭,箭箭都中。这时从人群中走出一位白发老人,和和气气地对养由基说:"壮士呀,你的箭法实在不错,我可以教你射箭!""什么?你教我射箭?"

养由基差一点笑出声来,心想:"我是天下无双的神箭手,还用得着你来教吗?"白发老人似乎看出了他的心思,坦率地说:"我不是教你如何拉弓,如何放箭,而是告诉你一条保护自己的方法。你想一想,如今你在百步以外射柳树叶子百发百中,这是多么难得。可是你若不在这个时候停止射箭,过一会儿你身子疲倦了,气息虚弱了,胳膊没有力气了,万一拉弓、放箭有闪失,射不中目标不是连以前的百发百中的好名声也丢掉了吗?"养由基听了这话,顿时明白了老人的用意,连忙向他施礼道谢,背起弓箭回家了。

自己拥有某方面的特长,不要骄傲自夸。只有做事有所节制,适可而止,才不会犯大的错误,不会被别人取笑。

扁鹊说病

　　春秋时期,有一位名医,叫扁鹊。一天,扁鹊去见蔡桓公。他站在蔡桓公身旁细心观察他的面容,然后说道:"我发现君王的皮肤有病。您应及时治疗,以防病情加重。"蔡桓公不以为然地说:"我一点病也没有,不需要治疗。"

　　十天后,扁鹊又来见蔡桓公。他对蔡桓公说:"您的病到肌肉里面去了。如果不治疗,病情还会加重。"蔡桓公根本不理会扁鹊的话。

　　又过了十天,扁鹊第三次去见蔡桓公。他察看了蔡桓公的脸色后说道:"您的病已经发展到肠胃里面去了。如果不赶紧医治,病情将会恶化。"蔡桓公仍不相信。

　　又隔了十天,扁鹊第四次去见蔡桓公。两人刚一见面,扁鹊扭头就走。蔡桓公很奇怪,派人去问扁鹊原因。扁鹊说:"开始蔡桓公皮肤患病,用汤药清洗容易治愈;稍后他的病到了肌肉里面,用针刺术可以治好;后来病患至肠胃,服草药汤剂还有疗效。可是目前他的病已入骨髓,人间医术就无能为力了。"

　　果然五天后,蔡桓公浑身疼痛难忍,他派人去请扁鹊,可是扁鹊已逃往秦国去了。蔡桓公很后悔,可是一切都晚了,最后在痛苦中死去。

　　得了病要及时治疗,以防止病情严重,小病发展成大病。这个故事同时也说明小错误不及时改正,将来会酿成大错的道理。

鹬蚌相争

在一条河的岸边，一只河蚌正展开蚌壳，懒洋洋地躺在河滩上晒太阳。河蚌一边享受着，一边注视着远方。这时，一只鹬鸟从不远处走来，看见河蚌那鲜嫩的蚌肉，鹬鸟心想："多么鲜美的蚌肉啊，一定可口极了。"于是，它走上前去伸嘴要啄河蚌。河蚌意识到危险来临，急忙将蚌壳合上，把鹬鸟的长嘴巴紧紧夹住了。鹬鸟用尽了全身力气，可是嘴怎么也拔不出来。河蚌呢，当然也脱不了身，没法回到水里。它们就这样僵持着，过了好一阵儿，它们都很累了，就吵了起来。鹬鸟憋着气威胁说："如果你不张开壳子，天气这么热，连续几天不下雨，你没有了水，迟早会被晒死。"河蚌也憋着气说："我不张开蚌壳，你就甭想走开，假如我不放你，你不被憋死也要被饿死，咱们等着瞧吧！"

鹬鸟想尽办法，用脚踩蚌壳，往石头上摔河蚌，可仍无济于事，河蚌的壳太硬了。它们两个死死地纠缠在一起，谁也不肯放过对方。

这时候，恰巧一位老渔翁从这里路过，他没费丝毫力气就把它们两个一起捉住了。小朋友，当人与人之间发生不愉快的事情时，如果不及早解决，就会两败俱伤，结果让第三方占了便宜。

杯弓蛇影

古时候，有一个叫乐广的人，他很喜欢交朋友。一天，他请一个朋友来家里喝酒。酒席间，两人谈古论今很高兴，可是那个朋友突然起身告辞回家，乐广觉得很奇怪。

过了几天，乐广听说那位朋友自从酒席间突然回家就得了病。乐广心中十分不安，就亲自登门看望，询问朋友的病情。开始，那位朋友不肯说什么，后来在乐广的追问下他才说了："那天在你家喝酒，我发现酒杯里有一条像蛇一样的东西，喝了以后心里十分害怕，回家后就病倒了。"

乐广在回家的路上一直想着朋友的话。回到家中，他坐在喝酒时那位朋友坐的位子上，倒了一杯酒，果然发现酒杯中有一条小蛇一样的东西在蠕动。乐广彻夜难眠，他反复观察、思索。突然间，乐广看到了在墙上挂着的一张弓，他发现弓的影子映到酒杯中就如同一条小蛇在动。

于是，他又将那位朋友请到家中，坐在上次喝酒的地方，请他喝酒。朋友连忙摆手示意不喝，乐广笑着取下墙上的那张弓。朋友发现杯中的小蛇不见了，顿时明白了是怎么回事：原来是自己疑神疑鬼，错把映到杯中的弓影当成了蛇。

疑神疑鬼只能是自己吓自己，所以我们今后遇事要镇静，要认真思考，千万不可胡乱猜疑。

卞庄子刺虎

从前，卞庄子外出看到一大一小两只老虎，附近还有一头牛。卞庄子不知该去杀哪个了，旅馆里的一个孩子劝阻他说："现在两只老虎正要去吃那头牛，你不必先下手，当它们吃得很香的时候，就要抢起来的；一抢必定厮杀，争斗的结果必然是大虎受伤，小虎死亡。到那时，你再朝着受伤的老虎刺去，一下子就可得到杀死两只老虎的美名。"卞庄子认为小孩子讲得对，于是静坐等待。过了片刻，两只老虎果然为争吃那头牛而斗起来了，结果大虎受了伤，小虎终因气力不足，被大虎咬死了。卞庄子举枪朝那只受伤的大虎猛刺过去，一下子杀死了两只老虎。

面对强大的对手，我们不可贸然进攻。要看到敌人内部的矛盾，在他们你争我夺、两败俱伤的时候，再去收拾他们。这是一个非常重要的战略计谋。

这则寓言与"鹬蚌相争，渔翁得利"的故事很相似。卞庄子听从了小僮的劝告，利用了两虎相斗的矛盾，以逸待劳，在最有利的时候出击，因此达到了事半功倍的效果。

鲍君神

从前，有个人在沼泽地里捉到一只鹿，他没把鹿带回家，只把它拴在原地便走了。一会儿，十几辆商车经过这片沼泽地，他们看见这只拴了绳的鹿，便将它牵了去，可转念想想，这样做又不妥，于是便在拴鹿的地方放上一条咸鱼作为补偿。过了一会儿，鹿的主人来了，不见了鹿却见到一条咸鱼。他心里想，这沼泽地人迹罕至，鹿转眼间变成咸鱼，岂非咄咄怪事，想来一定是神了。

这件事很快一传十，十传百，人们以为神仙下凡了，便都到咸鱼这里治病求福，居然多有所得。于是他们为咸鱼盖起了一座庙宇，数十名巫祝在这里拉起帷帐，敲起钟鼓，进行祷告。方圆数百里的百姓，都来这里祈祷祝福，尊称咸鱼为鲍君神。几年后，放咸鱼的那个人又路过这里，他询问事情的原委后，觉得非常可笑。他说："这是我放的鱼，哪儿是什么神呀？"于是他拿起这条鱼，扬长而去。祀庙自此被破坏，人们再也不相信什么鲍君神了。

普通的一条咸鱼会被当作神供奉，很多迷信偶像往往都是这样可笑地被制造出来的。寓言讽刺了那些盲目迷信的人们。

伯乐识骥

传说古时候,有一个名叫孙阳的人,他对马很有研究,好坏优劣,一眼就能看出来。因此,人们都管他叫"伯乐"——神话中掌管天马的神人。

有一次,伯乐去虞坂,看见一匹拉着盐车正在爬陡坡的马,因为车重坡陡,那匹马累得浑身是汗,卧在路上直喘粗气。伯乐走近盐车,那马见了伯乐,高声嘶叫起来。伯乐一眼看出这是一匹难得的千里马。见到这样一匹宝马良驹,筋疲力尽地拉着盐车,而不能在战场上驰骋,伯乐十分心疼。他爱抚地摸着这匹千里马,眼泪止不住地流下来。他赶忙脱下自己的衣服,披在马身上。这匹马也好像懂得伯乐对它的爱护,感激地用鼻孔朝地面上喷了几下,然后,昂起头颅长啸起来。那声音,就好像金钟石磬一般,洪亮动听,直上云天。

千里马常有,而伯乐不常有。如果没有伯乐,即使是千里马,也只能负重拉车,最后变为驽马。难怪千里马遇到伯乐,就振奋精神鸣声震天。可见,在困难中遇到知己是令人兴奋的。

不同的评价

一天，一只小鹿在山坡上玩得正高兴，却不幸被一只老虎看见了。老虎正饥饿难耐，于是，不顾一切地向小鹿扑过来。

幸亏小鹿动作敏捷，腾起四蹄飞快地逃开了。老虎可一点儿也不想罢休，在后边死命地追赶。小鹿急得哭都来不及，只有拼命地跑啊跑。

小鹿被追到了一个悬崖旁，才发现到了没有退路的地方，前边是悬崖，掉下去就会粉身碎骨，往后退就是老虎的血盆大口，它会把小鹿一点点撕碎，然后吃得精光。

小鹿恨死了老虎，自己本来有个很幸福的家庭，有爱它的妈妈和宠它的爸爸。这会儿，它们一定在等着它回家呢。小鹿的眼泪流了下来。

眼看老虎就要冲到悬崖边来了，小鹿又气又恨，心想：

"我决不会让你这个可恶的东西得逞的，宁肯死也不会便宜你！"

小鹿闭上眼睛，冲着悬崖跳了下去，这时老虎已经到了跟前，它看到小鹿跳了下去，哪里肯放弃这眼看到手的美味，也毫不迟疑地跟着跳了下去。

小鹿摔死了，老虎也摔死了。山崖边上围了好些动物，大家都很震惊，七嘴八舌地议论开了。

这个说：

"这只小鹿，怪可惜的！年纪轻轻怎么就非得要跳崖呢！"

那个说：

"话不能那么说，跳崖又不是小鹿情愿的事，还不是被老虎逼的。你们大家想想看，前边就是悬崖峭壁，后边又有老虎拼命追赶，它面前摆着两条路,两条路都是死路。相比而言,也许跳下悬崖,说不定还有生的希望呢,它当然应该选择这条路。"有一个很明智的动物发表了自己的看法:

"小鹿如果不跳崖就必定会被老虎吃掉,为了不屈服,它选择了跳崖,是正确的。而老虎并没有面临什么不可选择的情况,它无论前进或者后退都能够自己去决定,它是为了吃别人、害别人才跳的崖,所以它的行为无疑是可耻的。"

唇亡齿寒

春秋初期，晋献公想要扩充自己的实力和地盘，就找借口说邻近的虢国经常侵犯晋国的边境，所以他要派兵灭了虢国。可是在晋国和虢国之间隔着一个虞国，讨伐虢国必须经过虞地。"怎样才能顺利通过虞国呢?"晋献公问手下的大臣。

大夫荀息说:"虞国国君是个目光短浅、贪图小利的人，只要我们送给他价值连城的美玉和宝马，他不会不答应借道的。"

虞国国君见到晋国使者送来珍贵的礼物，顿时心花怒放，听到荀息说要借道虞国之事时，马上就满口答应下来。虞国大夫宫之奇听说后，马上劝阻道:"不行，虞国和虢国是唇齿相依的近邻，我们两个小国相互依存，有事可以互相帮助，万一虢国灭了，我们虞国也就难保了。俗话说:'唇亡齿寒。'没有嘴唇，牙齿也保不住啊!借道给晋国万万使不得。"虞公说:"人家晋国是大国，现在特意送来美玉宝马和咱们交朋友，难道咱们借条道路让他们走走都不行吗?"

宫之奇连声叹息，说道:"虞国离灭亡的日子不远了。"宫之奇为了保全家人，连夜带着一家老小离开了虞国。果然，晋国军队借道虞国，消灭了虢国，随后在回师的路上又把亲自迎接晋军的虞国国君抓住，灭了虞国。

丑女效颦

传说春秋时期,越国有个美女,名叫西施。她长得非常漂亮,无论怎样打扮,一举一动都是很美的。西施有个心口疼的毛病,犯病的时候总是用手按住胸口,皱紧眉头。她这副病态,在别人眼里也是很妩媚可爱的。

西施的邻居中有个名叫东施的女孩,她是个长得很丑的姑娘。她看西施的病态表情很美,于是就照葫芦画瓢地模仿起来。她本来没病,却也用手按住胸口,把眉头紧皱起来,以为这样就美。然而,人们见她如此装模作样,都觉得她更丑、更难看了。

这则寓言告诉我们,向别人学习要有正确的态度,一定要从自身的实际出发。盲目仿效、生搬硬套的做法是愚蠢的,不会收到好的效果,甚至适得其反。

吹管的猎人

楚国有一个猎人，他很擅长吹竹管乐器，一支竹管在手，他可以吹出许多种野兽的叫声，声音惟妙惟肖，完全可以以假乱真。

猎人对自己的这一技之长很是得意，因为他知道，动物们听到同类的叫声便会赶来汇合，那样他就可以轻而易举地捕捉到许多动物。同时吹管还可以防范凶猛野兽的攻击，只要知道了哪种野兽可以恐吓住哪种野兽，危险时就可以应用竹管的声音吓退野兽。

这位猎人胸有成竹地出发了，他带着弓箭、猎枪、火药进了山林。为了能捕到鹿，他放好了东西，就拿出竹管，吹起鹿叫的声音。

大群的鹿听到同类的召唤，蹦着跳着，来到猎人身边，猎人不费吹灰之力，就捕杀了大群的鹿。

看到这么容易就获得了这样多的猎物，猎人欣喜若狂，竟哼起歌来。

正当他高兴地清点自己的战利品时，不料远远地看到一只豹向这边跑来，猎人吓坏了，心想：

"怎么刚才没有想到，豹是最喜欢吃鹿的，鹿的叫声引来了鹿，也引来了馋鹿肉的豹。现在只有再吹出老虎的声音才可能吓走它。"

猎人慌慌忙忙地抓起竹管，吹起了老虎的叫声，豹听到了老虎的叫声，没敢再往前走，掉过头去溜走了。

猎人看到这个法子这样灵验，心里很高兴，放下竹管准备收拾东西，上路回家，却想不到老虎的叫声又引来了几只虎，它们晃晃悠悠地向这里走来，还以为是同伴在叫它们呢。

猎人看到好几只老虎向他走来，吓得脸都变了色，好不容易镇定下来，想起吹管可以退敌，于是，吹起竹管，学着熊的叫声。

熊的叫声在林子里回荡,老虎们不敢久留,摇摇晃晃向林子深处走去。

猎人坐下来,想好好地喘一口气,接连不断的惊吓已经使他的神经过于紧张。他刚刚靠在一棵大树下坐定,一只熊出现在他面前,熊站立着,像一面墙一样挡着他,可怜的猎人还来不及喊就被熊吃掉了。

此地无银三百两

张三在外打工已经好几年了，凭着会砌墙盖房的本事，辛苦劳动，好不容易挣了三百两银子。他盘算着，回家后盖一所宽敞明亮的大瓦房，再留点本钱做些小买卖，今后就不用像以前那样辛苦了，心里很高兴。

起初，他用纸将银子包裹好，小心地藏在一只小箱子里，又在箱子外边加了两把大锁。张三看着箱子想来想去，觉得这个办法不妥当。张三绞尽脑汁终于又想出了一个满意的主意。一天深夜，他悄悄地溜出门，在房后墙脚下挖了一个坑，然后把银子埋在坑里。可是，他仍然不放心：万一别人怀疑这个地方埋了银子，再来挖怎么办？他又想出了一个自以为"巧妙"的办法。他急忙跑回屋，在一张纸上写下了七个醒目的大字"此地无银三百两"，然后将纸贴在埋银子的那个地方的墙上。

张三埋银的举动刚好被隔壁的王二看得清清楚楚。等张三睡熟以后，王二就去屋后悄悄地把三百两银子挖出来，偷走了。

这个王二捧着偷来的银子，心里乐开了花。但他又心惊胆战，害怕张三怀疑自己偷了银子，就"灵机"一动，也在埋银子的那个地方的墙上贴了一张纸，上面依然是七个醒目的大字：隔壁王二不曾偷。

长竿入城

　　古时候，有个鲁国人拿着一根长长的竹竿进城。开始的时候，他竖着拿竹竿，可是城门太矮，竹竿太长，拿不进城。于是，他就灵机一动，横着拿竹竿，可是城门太窄，竹竿太长，还是不能拿进去。这可把鲁国人难住了，怎么才能进去呢？竖着拿不行，横着拿还是不行，难道就没有办法把竹竿拿进城了吗？想到自己辛辛苦苦从乡下扛来的竹竿却无法拿进城，鲁国人很郁闷，垂头丧气地坐在城门边。

　　过了一会儿，有个老头从他身边经过，见他唉声叹气，就问他怎么回事。鲁国人向老头诉说了发愁的原因。那个老头很自信地说："我虽然不是圣人，但是见识过的事情比你多得多。你为什么不用锯子把竹竿从中间截断，再拿进城去呢？"

　　那个鲁国人听了很高兴，立即依照老头的主意，把长长的竹竿截断了拿进城去。好好的竹竿再也不能发挥它的作用了。

　　你看了这个故事后，认为老头的主意好吗？你能想出好办法吗？那个老头自认为很聪明，实际上却出了个很愚蠢的主意。这个故事说明，做人一定要谦虚谨慎，千万不可以自作聪明。

楚王葬马

楚庄王爱马胜过一切。他的马不是养在马棚里，而是养在装饰豪华舒适的厅堂里；他的马吃的不是草料，而是精美的佳肴；最不可思议的是，他的马还要披上锦缎做的袍子，晚上睡在柔软的床垫上。

这样养马，当然决不会养出驰骋疆场的骏马，养出的马不仅什么活都不能做，而且常常夭折。

一次，楚庄王养的一匹爱马肥得有些走不动路了，整天蔫头搭脑，没多久就死了。

楚庄王难过极了，一定要厚葬这匹马。他首先下令，让手下的人去安排最好的木匠为马做棺材，然后又向文武百官下令，要求所有的文武官员都要为马致哀吊唁，最让人难以接受的是他要求安葬死马的规格仪式要和安葬大夫的一样。

命令刚一下达，众大臣们在下边就纷纷议论开了，庄王见状，大怒，厉声道：

"我的主意已定，哪个敢出面劝说，杀无赦！"

众大臣面面相觑，谁也不敢做声，全都敛声低头悄悄离去。

这时，一个叫优孟的却突然闯进宫中，见了庄王，一句话也没说，先叩头，然后泣不成声。

庄王很奇怪，忙令他站起来说话。优孟起立，边擦眼泪，边对庄王说：

"大王，听说您最珍爱的一匹马死了，这太不幸了！这么重要的马死了，大王怎么可以只按大夫的规格安葬，这太不合适了。"

楚庄王问道：

"那么，你认为应该怎样安葬才合适呢？"

优孟说：

"大王这么珍爱的马，自然应该按君王的葬礼规格安葬。而且，不仅文武百官要去致哀，全国的百姓都应该为马致哀。送葬时，要用最好的军乐和仪仗队开路。同时，要齐国、赵国、韩国、魏国等国家的使节也应参与守灵的送葬。如此，大王爱马重于爱人的美名便会传遍四方，普天下的人都将知道。"

庄王听出话中的含义，半晌无语，最后，抬起头来问道：

"那么，你认为该如何处置为妥？"

"自然是为将士们改善生活了。这样，将士们自然会体会到大王的一片苦心。"

鳄鱼的偏见

动物园有一个不大的水池，里面养着两条鳄鱼。它们整天地伏在浅水处，水面上只露着那像老树皮似的脊背。来观赏鳄鱼的游人，毫不夸张地说，比观赏孔雀开屏或天鹅长鸣的还要多，一批接着一批。

动物园关门后，这两条鳄鱼才爬出水面，一面透透空气，一面聊聊感想："亲爱的，"母鳄鱼首先发言，"你说普天之下，什么动物长得最美呀？""那恐怕得数孔雀了。"公鳄鱼答。

"不对！"母鳄鱼摇了摇头。"那么就是天鹅了。""更不对！"母鳄鱼得意地说，"告诉你，普天之下长得最美的，是我们鳄鱼呀！你看我们的皮肤、我们的口形、我们的牙齿、我们的眼睛，哪一样不美呀？"

公鳄鱼说："光我们认为美还不行，客观上得找到证据呀！"

"你怎么这样自卑呢！"母鳄鱼说，"你没看见来观赏我们的人那么多吗？人类是审美能力最强的。他们那么贪婪地看着我们，可见我们是最美的了！"

"自知之明"这句话，说说是容易的，但要做到，却是十分难的。

大王降祸

有一个打柴的人走到山间一条水沟边，碰上涨大水，过不去。旁边有一座神庙，他就把神像拿出来，横放在水沟上走了过去。随后，又有一个人也来到这里，看见这种情形，很虔敬地叹息着说："对神像怎么敢这样放肆！"就把神像扶起来，用自己的衣服把它擦干净，双手捧着，送回到神座上去，并且拜了几拜才离开。庙里的小鬼对神像说："大王住在这里做神明，享受村里人的祭祀，现在反而被这些无知的人侮辱，为什么不降灾祸惩罚他们呢？"大王说："那么灾祸应当降到后来的那个人身上。"小鬼不解地说："前一个人用脚践踏大王，再没有比这更大的侮辱了，却不降灾祸给他。后来的那个人那样敬重大王，反要给他灾祸，这是为什么呢？"大王说："头一个人已经不信神道了，我哪里还敢降灾祸给他呢？"

世间的有些势力往往像这神像一样，你越怕他，他越欺负你；你不怕他，他却对你没什么办法了。

戴渊投剑

　　戴渊是东晋时的征西大将军，立下的战功无数，但在年轻的时候，却曾经在江淮间掠夺过往客商的财物。当初陆机返回洛阳时，带了许多贵重物品，途经江淮，就遭到了戴渊的抢劫。

　　面对突如其来的劫匪，陆机并没有惊慌失措，反而在寒光闪闪的刀尖之下，观察起岸上的戴渊来。他看见戴渊面容俊朗、神情超然，虽然做的是卑鄙的事情，可神气仍然是那么高贵，显得不同凡响，陆机心中不禁赞叹不已。于是，陆机立于船头，远远地对他说："你有这样超凡的才华，为什么要做盗贼呢？"一句话说得戴渊顿然醒悟，感慨良多，不禁潸然泪下，立即将宝剑抛入江中，恭恭敬敬地在岸上向陆机长揖到地，归顺了陆机。

　　后来，戴渊的谈吐、举止，更加显示出他非凡的才华。陆机也更加赏识、器重他，与他成为至交好友，并向朝廷举荐他。到了东晋时，戴渊便官至大将军了。

　　具有突出才华的人，如果同时具有知错能改的品德，更容易成就大业。

打草惊蛇

　　南唐时期的王鲁非常贪财，做官从不为老百姓考虑，只是一味地搜刮民脂民膏，养肥自己。

　　有一年，他做了当涂的县令，天天算计着如何使自己的财产更多一些，根本不管百姓的死活，能贪则贪，能搜刮就搜刮。上行下效，他手下的官吏也是一样的贪赃枉法，搜刮聚财，弄得百姓无法生活。人们对于这些丧尽天良的贪官们恨之入骨，又实在没有办法。这一年，百姓实在忍无可忍了，纷纷联名上告，控告检举王鲁的手下贪赃枉法。王鲁说："你们虽然打的是草，但我却像躲在草丛里的蛇一样，已经受到惊吓了。"

　　做贼心虚，一旦有风吹草动，就会紧张。可见，如果想心情坦然地活着，就不要去干见不得人的坏事。

得过且过

从前，五台山上有一种奇特的鸟，叫寒号虫，它长着四条腿，还生有肉翅，但不能飞。每当到了炎热的夏天，寒号虫浑身的羽毛五彩缤纷，绚丽夺目，它便洋洋得意地唱道："美丽的凤凰也不如我漂亮。"等到天寒地冻的隆冬季节，它的羽毛反而全部脱落干净，光秃秃地像只初生的小鸟，非常难看。寒号虫很懒，从来不喜欢筑巢。所以寒风袭来，冻得它直打哆嗦，它便无可奈何地哀鸣："哆嗦嗦，哆嗦嗦，寒风冻死我，明天就搭窝。"可到了第二天，太阳一出来，它便又唱道："得过且过，得过且过。"别的鸟见了，劝寒号虫趁天气好赶紧筑一个巢，可寒号虫说："天气多好，哪用筑巢呢，晒晒太阳就足够了。"可是，一天夜里，忽然下起了大雪，可怜的寒号虫没有御寒的地方，终于被冻死了。

寒号虫得过且过，是一个没有理想、没有志气、没有十劲、庸庸碌碌、无所作为的懒汉懦夫。作品用这一则故事，教育人们一定要努力向上，树雄心，立壮志，做一个有用人才。

对牛弹琴

古代有一位著名的音乐家叫公明仪，他对音乐有很高的造诣，精通各种乐器，尤其弹得一手好琴。

在一个春天的午后，晴空万里，风和日丽。公明仪在郊外散步，看见在一片绿油油的草地上有一头牛正在低头吃草。这清静怡人的氛围激发了他创作的灵感，他决定要为牛弹奏一曲。

他首先弹奏了一曲高深的《清角之操》，尽管他弹得非常认真、动情，琴声也非常富有感染力，可是那头牛却依然只顾着自己埋头吃草，根本不理会这悠扬美妙的琴声和正在弹琴的公明仪。

公明仪看到牛对此置若罔闻，非常生气，认为牛太不懂事了。但是当他静静地观察思考后，他才明白并不是那头牛没有听见他的琴声，而是因为牛的欣赏水平有限，实在听不懂曲调高雅的《清角之操》。明白了这一点，公明仪重新弹了一曲非常通俗的乐曲。那头牛听到这如同牛蝇、小牛叫声般的琴声后，就停止了吃草，竖起耳朵，好像在很认真地听着。公明仪看到后非常高兴。

这个故事告诉我们，做事情要针对不同对象的特点，区别对待。否则就是无的放矢，徒劳无功。

坟间乞食

从前，齐国有个人，他与一个大老婆和一个小老婆共同生活在一起。每次外出，他必定吃饱了酒肉后才回家。大老婆问和他一起吃喝的都是些什么人，他回答说，都是一些有钱有势的人。大老婆告诉小老婆说："我们男人外出，总是吃得饱饱的回来。问他同哪些人一起吃喝，他说全是有钱有势的人，但是我们却从来没有见过有地位有声望的人到我们家来呀。我要悄悄地跟着他，看他到底去些什么地方？"

第二天一大早起来，她便跟在男人的后面，结果走遍全城也没有见到一个与她丈夫站着说话的人。最后只见她丈夫走到东边城外的坟地里，到祭墓的人面前讨一些残酒剩菜吃，如果不够，便又到另一处乞讨。原来这就是他吃饱喝足的诀窍呀！大老婆回到家里，把这些情况都告诉了小老婆。小老婆气愤地说："丈夫是我们要倚靠过一辈子的人，他现在竟是这个样子！"两人在院子里一边骂一边哭；而丈夫却不知道这些情况，他仍然像往常一样，洋洋得意地从外面回来，在妻妾面前摆出一副骄傲的样子。

这则故事淋漓尽致地刻画了那些昏夜乞怜而白昼骄人的利禄之徒。寓言对于故作骄矜，实则空虚无物和不择手段追求功名富贵、骗取荣誉的人，是一个极妙的讽刺。

法　术

　　很久以前，有个人姓刁，没有什么家产，自己又没有什么本领，给别人当帮工又没有体力，可是令人感到奇怪的是他的日子过得却挺好。

　　邻居们常有人问他：

　　"你靠的是什么本领才过得这么舒服又轻松呢？"

　　他拍拍脑袋，说：

　　"智慧。"

　　邻居们不信，反问道：

　　"智慧还能当钱花吗？你一定是在骗我们。"

　　他却说：

　　"我说的全是实话，你们不相信也没有办法。"

　　这位姓刁的每隔一段时间就出门一次，过一段时间回来，便会带回一些钱财和物品。人们谁也不知道他究竟是用什么办法赚来的财物。

　　一次，有一个邻居去外地办事。这一天，他走到一个高高的门楼附近，发现有一群人在那里围观什么。

　　他挤进人群一看，原来是那个姓刁的邻居站在人群中。他向周围的人打听：

　　"这人在干什么？"

　　那个人告诉他：

　　"这个人会法术，很灵验的，我以前见识过，你不妨看看。"

　　这位邻居一听，心里很好奇，就站在人群中准备看个究竟。只听姓刁的说：

"你们随便哪个让我辨别你们当中任何一个人的身份。现在,你们提吧。"

人群中有人说:

"我们这群人中有一位是贵妇人,你能认得出来吗?"

只见姓刁的心平气和,两眼仰望天空,尔后向前一指,说道:

"这太容易了,贵妇人头顶处一定有祥云飘浮,你们且看,那就是了。"

大家为看云气,自然将眼光投向贵妇人的头顶。姓刁的便指着那人道:

"这位便是了。"

众人大惊,连那位邻居也迷惑不解。围观的人赏了许多钱给姓刁的,认为他真是个了不起的人。姓刁的就这样简单地用他所谓的法术骗得了人们的赏赐。

焚鼠毁庐

　　古代越国的西部住着一个单身汉，他结扎芦苇茅草为自己盖了一间小草屋，又开垦荒地为自己耕种粮食，日子过得还真不错。美中不足的是这个地方经常闹鼠灾。大白天老鼠成群结伙地从人前走过，晚上又叽叽喳喳直叫到天明。有一天，他喝多了酒，回到家中刚一躺下，老鼠们就跳的跳，叫的叫，吵得他无法合眼。他忍无可忍，猛地跳了起来，燃起火把，在屋子里到处点了起来。最后，老鼠都被烧死了，可汉子辛辛苦苦盖起的房子也被烧毁了。第二天，单身汉酒醒以后，四顾茫茫不知所措，心中悔恨莫及，以后再没有可以安身的地方了。

　　人们在愤怒之极的时候，往往会做出一些失去理智的过火行为。所以，应该尽量使自己保持冷静，否则就会做出悔恨不已的事情。

古琴高价

工之侨得到一块优质的桐木。经过砍削，做成一张琴，安上弦一弹，好像金玉合鸣之声，十分好听。他自以为这是天下最好的琴了，便拿去献给朝廷的乐官。乐官让全国最好的乐工来验看，乐工说："这不是古琴。"就把琴还给他。

工之侨把琴带回家，和漆工商量，在琴上造了许多断纹；又和刻工商量，刻了古字；然后装进匣子，埋在土里。一年以后，取出来，拿到市场上去卖。一个贵人经过时看到这张琴，用一百两金子买了下来，当做珍贵的物品献给朝廷。乐官们互相传看，都说："这真是世上少有的宝物啊！"

同一张琴，人为地做了些"加工"，就成了古琴而身价倍增。这个令人啼笑皆非的故事辛辣地讽刺了那些盲目崇古、好古者，他们其实并不识古，不过是装腔作势，自欺欺人罢了。

高山流水觅知音

从前,有一位很善操琴的士大夫叫俞伯牙。一次,他带着琴童路过马鞍山,看到大自然的美妙景色,兴致大发,就在山前弹起琴来。

伯牙把巍巍群山的壮美和潺潺流水的清柔都融入他的琴声中,弹奏得十分悠扬细腻。忽然,伯牙感到琴音似乎更亮了,心想:

"这附近一定是有听懂了我琴声的人。"

伯牙唤来琴童,让他到周围看一看,有什么人在听琴。琴童去了没多久,带来一位樵夫。伯牙对眼前的樵夫不屑一顾,心想:

"琴童真是无知,这样一位山野之人,怎么会是听懂琴音的人呢?"但出于礼貌,伯牙还是对来人问道:

"你喜欢听琴吗?"

来人点点头。

"懂得琴吗?"

来人未正面回答,而是把伯牙的琴声所表达的高山流水之情一一说给他听,并且把琴的来历等也说得一清二楚、明明白白。

伯牙大为震惊:

"一个庄户人怎么会有这样高的悟性?"

俞伯牙又问了几个有关琴的问题,想不到来人也一一作答,分毫不差。

伯牙双手握住来人的手,对他说:

"我盼了这么多年,总想寻找到一位知我琴音的人,也不枉我半生的琴艺爱好,现在终于找到了,知音就是你呀!"

自此以后,他们成了好朋友。这个人就是钟子期。

两人分手后,仍彼此相互牵挂。伯牙对琴更加钟爱,琴艺也更加精湛。伯牙每次有了新曲，都要找来钟子期听琴，每次钟子期都能对伯牙的琴声做出最恰当的理解。两人都深深感到彼此能相识相知，真乃三生有幸。

一次，伯牙又新谱一曲，于是又前往钟子期的家乡，要与知音共同欣赏此曲。想不到，到了钟子期家中，方知钟子期已不幸身亡。伯牙悲痛欲绝，携琴于钟子期坟前，碎琴明志：既无知音，从此再不抚琴。

哥儿俩

哥儿俩是指一只豆荚里的两颗豆。

它俩静静地躺在自己的小绿屋里，渐渐长大了。想到不久将见到梦想中的世界，都兴奋极了，说个没完没了。可是一说到往后怎么过日子，就话不投机了。本是同根生，所思却相异。

一天，干枯的豆荚裂开，哥儿俩来不及道别，就蹦散了。果然，豆各有志。哥哥跳进大地的怀抱，吮吸着大地的乳汁，第二年长得茎粗叶繁，枝儿上挂满了壮实的豆荚。

那位弟弟呢?怕泥土弄脏了自己，刚着地就一蹦老高。它一蹦一蹦地到处游逛。能一直蹦下去吗?也得找个地方歇歇气，打个盹。找来找去，看见路边有只破瓷碗，里面积着点水，说声"这地方好"，就跳了进去。也不知道睡了多久，醒来时，它发现自己发胖了，而且长出了茎和根，这一点和它哥哥一样，老天爷可没亏待它。不过，由于它的根不着泥土，于是成了一根细细长长的豆芽。

割肉相啖

　　战国时期,齐国有两个非常勇敢的人,一个住在东部,一个住在西部,很长时间都没有见面。一天,他俩在路上突然碰上了,非常高兴,异口同声地说:"咱们一起去喝它几杯吧!"真是酒逢知己千杯少。酒过几巡,喝得有点儿微醉,其中一个说:"我们再去买点儿肉来下酒,好吗?"另一人便说:"你身上有的是肉,我身上有的是肉,又何必去花钱买肉呢?"前一个说:"对呀,你要不提醒,我还真忘了。"于是二人准备好调味的酱汁,都从腰间抽出刀来,各自把身上的肉割下来,蘸着酱汁吃起来,一直到死去为止。

　　勇敢到这种地步,倒不如不勇敢。

　　一个人具有勇敢精神,要有正确的目的,盲目地勇敢,其结果只能是可笑而可悲的。勇敢的行动只有用得恰当,才有意义。

公输刻凤

鲁班在雕刻凤凰时,凤凰的头脚还没有刻好,翠绿色的羽毛还没有刻出,人们就七嘴八舌地品头评足起来了。

见了凤身的人皱着眉头说:"唔,简直像个鹞婆鹰。"见了凤头的人摇头摆脑地说:"哈哈,跟水塘里的鹈鹕差不多。"大家都说它丑,笑话它笨拙。

等到凤凰刻好后,晶莹翠绿的肉冠像云朵耸立在头顶上;红色的爪子像闪电般发光;锦绣似的凤身像彩霞散发;美丽的翎毛发出像火花似的光艳。它欢叫一声振翅高飞,绕着那雕梁画栋飞翔,飞了三天三夜一直没有停下来。这时大家赞叹不已,都说它奇美绝妙,并异口同声地称赞它灵敏轻巧。

在一件事情尚未有结果之前,我们不要只看到局部就轻易地下结论,那样就会犯主观主义的错误。

公输为鹊

古时候公输班(即公输子)用竹子和木头雕刻了一只喜鹊。雕成后,这只喜鹊展翅飞上天空,飞了三天也没有停下来。公输班非常得意,认为自己的手艺是世界上最高超的了。

墨子不以为然地对他说:"你刻的喜鹊,还不如木匠技术娴熟,他们不一会儿工夫就削成一个三寸大小的插销。这东西看上去不起眼,却使车轮能承受千斤重的压力。因此我们看待一件事的好与坏,不能只看它的外表,要看它是否对人有利,对人有利的就好,对人无益的就不好。"

说话做事,要看是否有用,是否对社会有利;对社会无用,即使说得再好听,做得再漂亮,也是白搭。

公仪休嗜鱼

古时候,有个叫公仪休的人非常爱吃鱼。他做鲁国的宰相时,国中有一个人知道了他这个爱好,便给他送去许多鲜鱼,没想到他却拒而不收。他的弟弟很奇怪,就问他:"你这个人真怪,你那样喜欢吃鱼,为什么不留下呢?"公仪休回答说:"正是因为我非常喜欢吃鱼,所以才不能接受别人的馈赠。假如由于我因接受别人馈赠的原因而被免了职,那我以后就再也难以吃到鱼了;我现在拒绝接受馈赠而保留职位,就会长期有鱼吃,而且心安理得。因为这是我自己所应得的。"

听了公仪休的话,人们说:"这是真正懂得怎样才能使自己吃到鱼的人啊!"

这个故事说明,要随时注意自己的言行,防微杜渐,这样就不会因贪图眼前的小利而损失了长远的利益。

更渡一遭

从前,有个人捉到了一只鳖,想杀了吃掉。而他又怕落个杀生的名声,苦思冥想,终于想出了一个好办法。于是,他把火烧旺,把锅里的水煮沸,然后,把一根竹条架在锅上,对鳖说:"我现在和你打赌,如果你能从竹条上爬过去,我就不杀你。"

鳖看到锅中的沸水,知道主人在设计杀它,就小心翼翼地往另一头爬,终于爬过了竹条。这人一看鳖爬过了竹条,很是失望,就又对鳖说:"你确实太有本事了,不过你要再爬一次,让我仔细看看。"

这个主人虚伪狡诈,他要谋取利益,又想得到好的名声,对于这种笑里藏刀的人,我们应该特别警惕。

猴子捞月

　　古老的大森林里，一只老猴子领着一群小猴子四处玩耍。忽然，一只小猴子惊叫起来："不好啦，不好啦，月亮掉进水里啦！"猴子们一听赶忙围到水边，一看，可不是吗，月亮在水里摇摇晃晃的，好像就要被淹死了。老猴子对大家说："咱们必须赶紧把月亮捞上来，如果它被淹死了，这个世界的夜晚就会变得一片漆黑，什么也看不见了！"

　　猴子们照老猴子说的办法，一个抓着一个的尾巴，连成了一串，最底下的终于接近水面了，可他却怎么捞也捞不上来，月亮在水里摇晃得更厉害了。他们正在着急，一头大象走了过来，听岸上的小猴子说是在捞月亮，不由得哈哈大笑起来，然后用手指着天空对众猴说："月亮不是还在天上挂着吗？"

　　这则寓言是说那些不重实际的人，就像愚笨的猴子们一样可笑。

悍牛和牧童

有一头水牛,发起脾气来是出名的暴躁。有一天,恰好又是它发脾气的时候,它弄断了牛绳,尽情在田野里发疯似的奔跑,糟蹋了不少庄稼。大家只得去追捕他,把它包围了起来。可不料人越多,它就越暴怒,摇着两只角向人们冲过来,有几个人还被它撞伤了。

正当这时,幸而有一个牧童跑了过来,别看他年纪那么小,可是他却用了比他年龄大10倍的口吻,嘲笑着他们说:"你们都是些呆鸟啊。"果然他能够像没事似的笑嘻嘻走近水牛,一面用他预备好的一束青草在牛面前晃了几晃,一面转到牛屁股上去轻轻地搔了几下,牛立即变得十分和气。不知什么时候,这牧童已经翻身骑到牛背上,大声吆喝着它往回家的路上慢慢走去了。

大家好容易嘘出一口气来,感慨了很久才承认说:"不错,我们的确都是呆鸟!"

韩娥善歌

从前，韩国有一名叫韩娥的歌女，不仅人长得很美丽，而且歌声悠扬悦耳。一次，韩娥走到了齐国的国都临淄时，由于走了很久，带的干粮不够吃了，在路过雍门时，不得不靠卖唱来换取食物。她的歌唱得非常动听、悦耳，以至于在她走了以后，歌声的余音还一直在梁栋之间环绕，几天不断。人们还以为她没有离开呢。

一天，她路过一个旅店，店里的人侮辱她。她便拖长了声音哀哭起来。她的哭声，感动了整个乡里的老少，他们悲愁洒泪，三天吃不下饭。韩娥走了，他们急忙去追赶，韩娥又回来为他们引吭高歌。整个乡里的老老少少，都不禁兴高采烈，手舞足蹈，完全忘却了先前的悲伤。最后，韩娥要走了，他们给了她很多盘缠。

艺术要想感人，要想成为人们心目中的不朽之作，就必须要倾注艺术家的真情实感。

好酒被捉

猩猩是一种喜欢喝酒的野兽。生活在大山脚下的人们知道了它们的习性后，就在山上摆设了甜酒，在酒坛旁边，摆了大大小小的酒器，还编织了草鞋，把每双草鞋都连在一起，放在一旁。

猩猩看到后，知道这是用来引诱它们的，也知道摆设这些东西的人的姓名及他们祖先的姓名，所以，猩猩就提名道姓地骂他们。不久，其中一个老猩猩对其他猩猩说："这么多美酒，少尝点儿还是可以的，只要不多饮。"于是，他们都拿小酒杯喝，可越喝越想喝，最后把酒全喝光了。很快，他们都醉了，脚上穿着草鞋，互相嬉戏打闹。

山脚下的人趁机来捉他们，因为草鞋连在一起，猩猩们乱作一团，最后全都被活捉了。

贪，往往从小开始，逐渐变大，最后必将毁灭自己。

后羿射箭

夏王让后羿对着一块大小一平方尺、靶心直径只有一寸的箭靶射箭，并告诉他说："你来射这个靶心，射中了，就赏给你万金；射不中，就剥夺你的千里之邑。"

后羿的面色红一阵白一阵，变化不定，呼吸十分急促，就这样他拉开弓瞄准了靶心。第一箭，没中；再射第二箭，又没中。

夏王问保傅弥仁道："后羿这个人，平常射箭，百发百中；可是这次给他定了一个赏罚条件，就射不中了，这是为什么呢？"保傅弥仁回答说："像后羿这种情况，是患得患失情绪成了他的灾害，万金厚赏成了他的祸患了。如果人们能够无所喜惧，把厚赏重罚完全置之度外，那么普天下的人，个个都能成为善射的能手而不输于后羿了。"

射箭和做其他任何事情一样，如果背着沉重的思想包袱，患得患失，精力分散，必然会影响正常水平的发挥，事情就很难做成功。

狐假虎威

老虎搜捕各种野兽来吃，捉到了一只狐狸。狐狸说："你是不敢吃我的！天老爷叫我做百兽之王，你若是吃我，就违背天老爷的意旨了。你以为我的话是假的吗？我给你在前头开路，你跟在我后面，看看那些野兽见了我敢不跑开吗？"老虎信以为真，所以就跟它同行。野兽看见了它们就都跑开了。老虎不知道那些野兽是害怕它自己而跑开的，还以为真是害怕狐狸呢。

故事揭露了狡猾奸诈而没有真本事的人凭借他人的威势进行招摇撞骗的伎俩；另一方面，也嘲笑了强大如"老虎"般的暴君的愚蠢。

画鬼最易

有位客人来给齐王画画,齐王问他说:"画什么最难?"客人答道:"画狗画马最难。"又问:"画什么最容易?"答道:"画鬼怪最容易。狗马是人人皆知的,从早到晚随时都可以见到,不能任意虚构,要想画得像是不容易的,所以最难画。鬼怪是没有具体形象的东西,在我们面前看不见它,想怎么画就怎么画,所以画起来就容易了。"

这则寓言说明,不论做什么事情,如果没有客观标准,就会给人以"弄虚取巧"之机。另一方面,从实际出发,按客观规律做事,不是很轻易就能做好的,需要很努力去做。

汉阴丈人

　　子贡是孔子的学生，有一次他到南方游历了楚国后，返回晋国。在路过汉水南岸的一个地方时，看见一位老人正要修整菜园子。只见这位老人从挖通的一条隧道下到井里，抱着一只大瓮取水出来浇灌菜地，这样做不但很费力，而且功效也不大。于是子贡说："用一种机械来干这个活，一天可以浇灌一百块菜地，费力甚小，而功效却很大，难道您不想用它吗？"

　　修理菜园子的老人抬头望了望子贡，说："那是一种什么样的机械呢？"

　　子贡说："木头凿成的一种机械，后半截重，前半截轻，用它从井里往上提水就像抽水一样轻便，机械来回不停地运动，而井水则迅速地流向四方，这个机械叫做桔槔。"

　　老人听后勃然大怒，顿时变了脸色，他讥笑子贡说："我从我的老师那里听说过，凡是有机械的人必有投机取巧的事，投机取巧的人必有投机取巧的心。投机取巧之心存于胸中，人的心灵就会沾上污点；心灵沾上污点后就会使心性不定；心性不定的人是不可能接受什么道德观念的。我并非不懂得桔槔这种机械，我是感到羞耻而不愿意使用它啊！"说完，老人又去井里取水了。

　　用旧的道德标准，反对新的生产技术，是愚蠢的。这则寓言正是对那种因循守旧，拒绝接受新事物的人的绝妙讽刺。

𪚲

异类相伤是很常见的事情，即使在今天也不例外。

但是同类的相攻则再残忍不过了，往往是两败俱伤，得不偿失。

相传远古时期有一种动物叫𪚲，𪚲的头上长了两张嘴，平时两张嘴还能相安无事，可是在饥饿的时候，或在有东西吃的时候，它们毫不相让。

两张嘴争抢着吃东西，有时争抢起来，谁也吃不上，便互相咬起来。

这样一来，都吃不上东西，就互相残杀，因而自己的两张嘴把自己咬死了。

这则寓言告诫人们千万不要自相残杀。自相残杀，只会两败俱伤。

画龙点睛

张僧繇曾在南朝梁武帝时担任过右军将军、吴兴(郡名,治所在今浙江省吴兴县)太守等职,以绘画驰名于当时。

据说,梁武帝每当想念分封在各地做王的儿子时,就派张僧繇去把他们的像画了带回来。这些像画得神情毕肖,使梁武帝看了如见其人。张僧繇画的飞禽走兽也同样栩栩如生。据说,他在润州(今江苏省镇江市)兴国寺大殿的东墙画了一只鹰,在西墙画了一只鹞,吓得一些小鸟从此不敢在屋梁上做窝,在佛头上拉屎了。

他画的龙更是活龙活现。有一天,他在苏州昆山(今江苏省昆山县)的华严寺殿基上画了一条龙。不一会,狂风大作,天色突然阴暗下来。这时,那条龙也昂着头,简直立刻就要腾空而去。张僧繇见此情形,只得再画上一条铁锁链,将龙锁住。张僧繇神奇的绘画技艺,使他的名声越来越大。许多人谈起他时,都赞不绝口。但是,也有些人将信将疑。一次,人们听说张僧繇在金陵(今江苏省南京市)安乐寺画龙,大家奔走相告,争着前去看个究竟。不到半天工夫,他就画好了四条龙。可是这些龙的眼睛都没有画上。围观看画的人便好奇地问他:"为什么不画上龙眼睛呢?"他解释说:"眼睛是整条龙的关键,画上眼睛,龙就充满了精神,就会飞走了。"有的人听了将信将疑,有的人则认为荒诞不经。于是,你一言,我一语,一定要张僧繇给龙点上眼睛试试。张僧繇拗不过大家,只好拿起笔来,当他刚给两条龙点上眼睛时,刹那间,电光闪闪,雷电轰鸣,两条龙破壁飞去。

人们被这突如其来的情景吓得魂飞魄散,等到定下神来,只见壁上只剩下两条没有画上眼睛的龙,那两条点上眼睛的龙,早已飞得无影无踪。

画蛇添足

　　楚国有个管理祠堂的官员，一次祭祀典礼结束以后，将一壶祭祀用过的酒赏给手下人喝。但是，人多酒少，要是每个人喝一点，喝不出什么意思；要是一个人喝，则恰到好处。于是有人提议，众人各画一条蛇，先画完蛇的人可以独自享用那壶酒。提议很有趣，众人都很同意。一个人很快把蛇画好了。他刚把壶嘴放在嘴边，看到其他人还在低头作画。为了显示自己的高明，他放下酒壶，在自己已经画好的蛇身上又添了三只脚。恰好这时，有一个人也画好了蛇，一把夺过酒壶说："蛇是没有脚的，有脚的不是蛇。我是第一个画完的，这壶酒该是我的。"此人说完，有滋有味地把酒喝光了。

　　所以做一件事情，一定要目标明确，态度坚定，切不可有了一点成绩就头脑发昏，沾沾自喜。节外生枝，故意卖弄，只会弄巧成拙，丧失原有的优势。

邯郸学步

相传在两千年前，燕国寿陵地方有一位少年，不知道姓啥叫啥，就叫他寿陵少年吧！

这位寿陵少年不愁吃不愁穿，论长相也算得上中等人才，可他就是缺乏自信心，经常无缘无故地感到事事不如人，低人一等。衣服是人家的好，饭菜是人家的香，站相坐相也是人家的高雅。他见什么学什么，学一样丢一样，虽然花样翻新，却始终不能做好一件事，不知道自己该是什么模样。

家里的人劝他改一改这毛病，他认为是家里人管得太多。亲戚、邻居说他是狗熊掰棒子，他也根本听不进去。日久天长，他竟怀疑自己走路的样子，越来越觉得自己走路的姿势太笨，太丑了。

有一天，他在路上碰到几个人在说说笑笑，只听得有人说邯郸人走路姿势那才叫美。他一听，患上了心病，急忙走上前去，想打听个明白。没想到，那几个人看见他，一阵大笑之后扬长而去。

邯郸人走路的姿势究竟怎样美呢？他怎么也想象不出来，这成了他的心病。终于有一天，他瞒着家人，跑到遥远的邯郸学走路去了。

一到邯郸，他感到处处新鲜，简直令人眼花缭乱。看到小孩走路，他觉得活泼、优美，学；看见老人走路，他觉得稳重，也学；看到妇女走路，摇摆多姿，也学。就这样，不过半个月的时间，他连走路也不会了，路费也花光了，只好爬着回来了。

其实一个人最重要的是要有主见，不要盲目崇拜别人。固然，学习别人的长处，是为了弥补自己的短处，但是为学习他人而把自己的长处丢掉，只会贻笑大方。

合种田

从前，有兄弟二人合种一块田。秋天到了，谷禾收了，二人商议如何分谷。哥哥对弟弟说："我要谷的上截，你要下截。"弟弟非常不高兴，认为这样分不公平。哥哥说："这有什么为难的？等明年，你要上半截，我要下半截，不就公平了？"弟弟听哥哥这么说，便不再争辩了。到了第二年，弟弟催哥下种时，哥哥说："今年我们不种谷子，种芋头算了。"

这个故事告诉我们，对于狡诈的人应该注意防范。特别是在订某种协议时，一定要严密，不可麻痹大意。弟弟吃亏主要是没抓住事物的本质，而是在要上截与要下截上达成协议，所以吃亏。

河豚鱼

　　河里有一种鱼叫做河豚。一天，一只河豚在桥下的水中游戏玩耍，在桥柱之间穿来游去，一不小心，碰到了桥柱，顿时疼痛难忍。河豚大发脾气，一气之下也不游水了，张开鳃颊，竖起身上的鳍，鼓着肚子躺在水面上一动不动，像死了一样。

　　这时候，空中飞来一只老鹰，见水面上飘浮着一只河豚，以为是只死的，就疾速飞身落下，抓住了河豚。并用锋利的鹰爪迅速撕开河豚的肚皮，把它吃掉了。

　　这则寓言说明，遇到挫折，要善于及时总结教训，及时改正。否则，把过失归咎于他人，意气用事、乱发脾气，只能招致更大的挫败。

井底之蛙

　　一只小青蛙住在一口井里,它整天呱呱地叫着,过着无忧无虑的日子。这一天,小青蛙照常坐在井底,望着井口大的天空,高兴地唱着歌。一只小鸟飞来,落在井沿上休息。

　　青蛙问:"小鸟,你从哪里来呀?"小鸟似乎很累,并没有注意到井底的小青蛙,听到问话,它四处寻找声音的来源。小青蛙高声喊着:"我在井底。"

　　小鸟顺着声音找到了小青蛙,于是说:"我从天上来。我飞了一百多里,口渴极了,下来找口水喝。"青蛙不屑地说:"朋友,你在说大话吧!天不过井口那么大,你怎么会飞了一百多里?"

　　小鸟听了小青蛙的讥笑,并没有生气,笑着说:"你在考我吗?天是无边无际的,它很大很大,你一定是弄错了。"

　　小青蛙依然很自信地回答道:"朋友,是你渴糊涂了吧?我天天坐在井里,一抬头就能看到天。我怎么会弄错了呢?"

　　"哈哈哈!"小鸟大笑起来。它没有想到天下会有如此顽固的傻瓜,便善意地劝说青蛙:"朋友,你的眼睛被井壁挡住了,眼界狭小,目光短浅。天真的很大,不信,你就跳出井口亲眼看一看这个美丽的世界吧!"说完小鸟飞走了,消失在小青蛙的视野里。

　　这个寓言说明,平时要多学知识,多了解外面的世界,不要被自己生活的环境所束缚,像小青蛙一样没有见识。

季子投师

古时候,有个叫商季子的人,他特别爱好道学。有一天,他带了许多路费外出学习。只要碰上戴黄帽子的道士,就施礼求教。一个狡诈的骗子,企图骗取他的路费,就骗他说:"我是一个得了真传的道士,只要你跟我外出学习,我就传授给你。"于是季子便诚心诚意地跟着走了。骗子一路上盘算着怎样骗他,却找不到下手的机会。一天,两人来到江边,骗子一见有机可乘,就骗他说:"道就在这儿。"季子忙问:"在哪儿?"骗子说:"就在这条船的桅杆顶端,你亲自爬上去就得到了。"季子把钱袋放在桅杆下,急忙抓住桅杆往上爬,骗子在下面拍着巴掌连声催喊道:"上!上!"季子上到顶端,无法再上了,恍然大悟,抱着桅杆高兴地欢呼:"得道了!得道了!"骗子乘机拿着他的钱袋逃走了。季子下来后,不但没有生气,反而高兴地跳了起来。旁观的人说:"嗨!傻瓜,那是个骗子,早把你的钱拿走了!"季子说:"那是我师傅,那是我师傅,这也是他在教我啊!"

季子学道十分盲目,而且也很幼稚,不论什么道士都拜师学道,结果上当受骗。故事告诫人们:在学习中,一定要选择好的老师,德高学博的人才能给学生教益,否则将受害不浅。

刻舟求剑

　　战国时期,有一个楚国人坐船渡江。船正在江中行驶着,他一时疏忽,"扑通"一声,将随身所带的宝剑掉到水里去了。他马上在船舷上落剑的地方刻下一个记号,并且自言自语地说:"我的剑就是从这里掉下去的。"

　　船在江中行驶了好久,终于靠了岸。他急忙从船上刻着记号的地方跳下水去,寻找宝剑,结果捞了半天,也没有捞到。他没想到船离开落剑的水面,已经很远了,凭着船上的记号怎么能找到剑呢?

　　这个故事讽刺了那些思想僵化,看不到事物发展变化的人。

惊弓之鸟

　　更赢同魏王在高台子下面，抬头看见了飞鸟。更赢对魏王说："我替您虚拉弓不放箭就射下鸟来。"魏王说："难道射箭的本领竟可以达到这样的地步吗？"更赢说："可以。"

　　一小会儿，雁从东方飞来，更赢就拿起弓拉了一下空弦，那只雁就落下来了。魏王惊叹地说："射箭的本领竟可以达到这种地步吗？"更赢说："这是一只受了伤的失群孤雁哪！"魏王说："先生怎么知道的呢？"更赢回答说："它飞得缓慢而叫得悲惨——飞得慢呢，是旧伤疼痛；叫得惨呢，是长久失群；旧伤没有长好而害怕的心情又没有去掉，听见弓弦一响，急忙展翅高飞，这就引起伤口破裂，而从高处掉落了下来。"

　　这个故事启发我们，善于运用自己的知识和经验，作正确的推理和分析，是认识事物的重要方法。

嗟来之食

春秋时,齐国发生了很严重的饥荒,大道上天天可见到许多饥饿的难民。黔敖在路边做了饭食,让那些过往的难民吃了充饥。

一天,路上来了一个饥民,他已经饿得有气无力,用袖子蒙着脸,拖着脚步跌跌撞撞地走来。黔敖赶紧站了起来,左手端一碗饭,右手端一碗汤,向他大声吆喝道:"嗟,来食(意即:"喂,快到这里来吃!")!"

黔敖满以为那个人会急不可待地扑上来吃饭,谁知那饥民不但不来吃,反而瞪大了眼睛狠狠地盯住黔敖,说:"我就是因为不吃嗟来之食,才饿成现在这样子的。"

黔敖走到他面前,为刚才的态度道了歉,又十分诚恳地劝那人吃饭,但那饥民非常固执,仍是坚决不肯吃,最后终于饿死在路上。

孔子的得意门生曾子,本也是极其讲究节操的人,听了这件事也叹息说:"这个人实在太固执了,恐怕不大好吧?别人叫他吃饭,态度带有侮辱性,当然可以拒绝。但既然人家已经道了歉,就不是嗟来之食了,也就可以吃了嘛。"

涓蜀梁

夏水河口的南边住着一个人，名叫涓蜀梁，他生性愚笨胆小，总是疑神疑鬼的。有一次，他到朋友家去喝酒，因贪杯误了时间，但他看天色还不太黑，就趁着酒劲上路了。他紧紧提着一颗心，紧赶慢赶，暗暗祈祷："上天保佑！"心里念叨着，不由得加快了脚步，同时，冒出一身冷汗。一紧张，脚下的石头一绊，他以为是妖怪，不由得一低头，看见了自己黑长的影子，以为是鬼怪伏在地上，吓得磕磕绊绊地跑了起来。风吹起了他的乱发，在他眼前一晃，他以为是一个站着的妖怪，吓得掉头就跑。结果，他快，后面的脚步声也快；他慢，后面的脚步声也慢……

第二天，当他妻子开门时，发现他紧倚门槛，双目突出，已死去多时了。

"疑心生暗鬼"，涓蜀梁愚笨胆小，最终被自己吓死了。我们要吸取这个教训，凡事切不可疑神疑鬼。

胶柱鼓瑟

　　有一个齐国人跟赵国人学习弹奏，这个人总想投机取巧，他不去刻苦钻研鼓瑟的技术，而是依照赵国人预先调好了的音调，把瑟上调音的短柱用胶固定起来，以为这样就可以弹奏出美妙的音乐，然后就高高兴兴地回到了家乡。

　　回家后，他摆弄了几年，却总是弹不出一支曲子来。齐国人觉得很奇怪。他去跟赵国人学弹瑟，怎么回来却弹不出个曲子，真是奇怪！后来，有人从赵地来，齐地人就向他打听是怎么回事，这才知道这个齐人在赵国的举动是多么愚蠢。

　　学习是一个艰苦的过程，必须实实在在，来不得半点儿虚伪和投机；要想学到一门技术，就必须循序渐进，刻苦学习，决不能像这位齐人一样。

纪昌学射箭

甘蝇是古代的一位射箭能手,只要他一拉开弓,总是射兽兽倒,射鸟鸟落。甘蝇的学生叫飞卫,跟着甘蝇学射箭,技术的巧妙超过了他的老师。有一个名叫纪昌的,又跟着飞卫学射箭。飞卫说:"你首先应当练习不眨眼,然后才能谈到射箭。"

纪昌回到家里,仰面躺在他妻子的织布机下,眼睛紧盯着一上一下的脚踏板。这样练习了两年以后,哪怕锥子尖刺着他的眼眶,他的眼睛也不眨一下。他把练习的成绩报告了飞卫。飞卫说:"还不行,第二步你还得练好视力才行。要练到看小东西像看大东西一样,看不明显的东西就像看明显的东西一样,然后再来告诉我。"

纪昌用根牛尾毛把一个虱子吊在窗户上,每天面向南,目不转睛地看着它。看了十来天,觉着虱子渐渐大起来;练了三年以后,看它竟像车轮那么大;再看其他的东西,都跟小山一样了。这时候他用燕国牛角装饰的弓,搭上楚国出产的箭,向虱子射去,一箭就穿过了那虱子的中心,而那根牛尾毛还没有断。

他又把这情况报告了飞卫,飞卫高兴得跳起来了,拍着胸脯激动地说:"你真正学到射箭的本领了!"

要掌握过硬的本领,就必须苦练基本功,持之以恒,还要付出艰苦的努力。

假　人

先前,有一户人家自己有片鱼池,可是,水鸭常来偷吃这些鱼。那人就想了一个主意:用草捆扎了一个人,给它披上蓑衣,戴上帽子,插在鱼塘中。水鸭再来时,远远看见池中站着人,就回去了。

一会儿,水鸭又飞来看一看,发现那人还没走。它们就在远处的树上,静静地张望起来。一段时间过去了,那人却还是不动。水鸭中胆子大的,壮着胆子飞过去,从那人的头上掠过,居然没有反应!仔细一瞧,原来是个草人!结果,鱼儿大遭其殃。

第二天,那人仍站在鱼池中央,披着蓑衣,戴着帽子,一动不动。水鸭来了,径直飞来落在"草人"的头顶上。突然,"草人"捉住了水鸭的脚,水鸭仓皇欲飞,可用尽了全身的力气也无济于事,嘴里"嘎嘎"地叫着。"草人"笑着对水鸭说:"先前的人是假的,可现在的人还是假的吗?"

水鸭中计是因为它犯了经验主义的错误。世界万物都是处在不断的变化发展中,不用发展的眼光来对待,就会遭到意想不到的灾患。

桔生淮北为枳

晏子出使到楚国,楚王请晏子喝酒。正在畅饮时,两个兵士捆绑着一个人来到楚王面前。楚王问道:"这是哪里人,犯了什么罪?"回答说:"是齐国人,犯了偷盗的罪。"

楚王转身对晏子说:"齐国人生来就善于偷盗吗?"

晏子站起身来说:"我听说桔生长在淮南就是桔,生长在淮北便是枳了。它们的叶子非常相像,但是它们果实的味道却不一样,一个甜,一个苦。为什么会是这样的呢?是因为水土条件的不同。现在人们生活在齐国时不偷不盗,可来到楚国却会偷盗,这不是楚国的环境使得人们学会了偷盗吗?"楚王想以大欺小,结果反被晏子嘲笑。

由此可知,做人不要妄自尊大、盛气凌人,那样做得不到任何好处,只能适得其反,弄巧成拙,自讨没趣。

匠石运斤

春秋时期，楚国的国都郢城有一个泥水匠。一天，他正在干活，一点白泥飞溅在他的鼻尖上。虽然这个泥点很小，但还是影响到了他的工作。他想起好朋友木匠，为什么不趁机考一考他呢?于是，泥水匠便去找他的好朋友，请他帮助削掉鼻尖上的白泥。木匠看着好朋友，说时迟，那时快，挥动大斧，一阵风过，削尽了泥水匠鼻尖上的泥，却一点儿没伤着鼻子，真是神了。

这件事一传十，十传百，传到宋元君的耳中，他便派人把木匠找来，让他再试一次，木匠悲伤地说:"我的确为好友削过鼻尖上的白泥，而现在，我的好友已不在了，没有人能再和我这么默契的配合了。所以，请大王恕罪，我不能满足您的心愿。"

世界上的任何事物都包含两个方面，任何事物都以对立面的存在作为自己存在的条件，离开了哪一方，事物都无法单独存在。

棘刺母猴

燕王征求有特殊技巧的人,有个卫国人自称:能在棘刺尖上雕母猴。燕王听了很高兴,便用优厚的待遇供养他。一天,燕王说:"我想看看你所雕刻的棘刺母猴。"这个卫国客人说:"国君要是想看它,一定得半年不进后宫,不喝酒,不吃肉,在雨停日出、似明似暗的一刹那才能瞧见它。"于是燕王只好继续供养他,却看不到他的棘刺母猴。

郑国有个在官府服役的铁匠来对燕王说:"我是打刀的,我知道一切微小的东西都要用小刀刻削,所刻削的东西一定要比刻刀的刀刃大;如果棘刺尖儿小得容纳不下刀刃,那就不能在上面雕刻了。请国王去瞧瞧那客人的刻刀,究竟能不能刻就会知道了。"燕王说:"好主意!"于是把那个卫国人叫来问道:"你在棘刺尖上雕母猴,是用什么东西雕的?"客人说:"用刻刀。"燕王说:"我想看看你的刻刀。"客人说:"请让我回到住处去取吧。"于是便趁机溜走了。

这则寓言说明,骗人的把戏是经不住合理的推敲和认真的考察。

枯梧不祥

古时候，一个人家的院子里有一棵梧桐树，由于年代久远，已经干枯了。邻居的老人见他家院子里的梧桐树都枯了很长时间，便告诉他，说："梧桐树枯萎是不祥之兆。应当赶快伐掉。"这人听后，觉得很有道理，回家立刻把树伐了。邻居的老人又想把树要去当柴烧。这人很不高兴，说："邻居的老人原来就是想要把梧桐树当柴烧，才叫我把树伐了。和我做邻居竟然这样，这人是多自私、多阴险啊！"

如果站在自己的立场上去给别人出主意，要求别人做什么，怎样做，必然会招致别人的反感。

可笑的南歧人

南歧坐落在秦蜀的山谷之中，那里的水很甜却质地不好。凡是喝了这种水的人，就要生粗脖病，所以那里的居民没有一个不是粗脖子的。看见外地人来到这儿，就有一群小孩和妇女围着观看，而且讥笑来人说："奇怪呀，那人的脖子枯瘦如柴，跟我们不一样。"外地人说："你们脖子上突出肥大的东西是一种粗脖病呀，不去寻求好药根治你们的病，反而认为我的脖子细长干枯！"笑他的人说："我们村里的人都这样，哪里用得着治呢！"他们始终不知道自己是丑陋的。

南歧人的可悲、可笑，在于他们的孤陋寡闻、少见多怪，其根源是南歧的闭塞。他们只有走出大山，看到外面的世界，才会改变自己的无知。

扣盘扪烛

有一个人，生下来就双目失明了，他不知道太阳是什么样子的，就去问眼睛好的人。

有人告诉他："太阳的形状像一个大铜盘。"盲人摸到一个铜盘，敲了敲，铜盘发出清脆的响声。第二天，钟声响了，声音十分清脆洪亮，盲人以为这就是太阳。

又有人告诉他说："太阳发出的光像蜡烛一样明亮。"盲人摸了摸一根蜡烛，记住了它的形状。有一天，他摸到了一支龠，觉得形状像蜡烛，就以为龠是太阳。

这说明，靠别人的片面介绍和个别解释，不能获得真正的知识，只有亲自深入地调查研究，才能准确地认识、把握它。

夸父追日

上古时代,有一个神人名叫夸父,他有一个伟大的志向,要想追上太阳。那一天,太阳刚刚从地平线上露出半边脸,夸父便甩开两条长腿,由东向西奔走。一天内,他不吃不喝,只是拼命地追逐着日影,与它竞走。到了下午,夸父追赶着太阳到了它将要落下的隅谷之处。但此时,夸父感到极其口渴,必须马上喝下大量的水。于是,夸父跑到黄河边上去喝水。他一口气将黄河的水喝得精光,使黄河显出了河床。但他还是很渴,又跑去喝渭水,渭水也让他喝干了。然而,夸父仍然没有止住渴,胸间如有火焚烧,非常难受。

这时,他想起北方的雁门山下有一个大湖,纵横千里,极为宽阔。"那里水多,一定能让我止渴。"他又迈开步伐,向北而去。

但是,夸父实在渴得难受,似乎连路也走不动了。大湖又是那么遥远,一时难以赶到。夸父艰难地走了一阵,还没等赶到大湖,他便因过度饥渴而倒在地上死去了。夸父倒地时,扔下了他的手杖。他死之后,手杖化作了一大片桃林,绵延数千里。

空中楼阁

很久以前,有个愚蠢的富人。他痴痴呆呆,什么都不懂。

一天,他到另外一个富人家去玩,看见他家有一栋三层楼房。这座楼房又高又大,屋子里既宽敞又明亮,他心里很是羡慕,于是便产生了这样的念头:"我也有钱财,不会比他少,为什么不马上造一栋这样的楼呢?"回家后,他马上叫来木匠,问道:"你会造像那家那样高级的楼房吗?"

木匠回答说:"那座楼就是我造的。"富人马上说:"现在你也给我造一座楼,要像那座楼一模一样。"于是,木匠按照他的要求规划好地面,把砖头一块一块地砌起来。那个愚蠢的富人见木匠在地面砌砖,心中特别疑惑,不懂得木匠的意图,便问木匠说:"你要造什么样的房子?"木匠回答说:"造和那家一样的三层楼啊。"

那个富人却说:"我不要下面的两层,先给我造最上面的那层。"木匠听后,既生气又觉得好笑,他说:"没有这样的事。哪里有不造最下面一层楼而能造第二层楼的呢?不造第二层,又怎么能造第三层呢?"富人听了,还是固执地说:"我现在用不着下面的那两层楼,你可一定要给我造最上面的那一层啊!"当时的人听说这件事后,都觉得那个富人非常愚蠢,一见到他便都取笑他。

万丈高楼平地起。做任何事情,如果忽视基础,反对循序渐进,都是愚蠢的。

苦乐均衡

周国有一位姓尹的有钱人家。尹家的当家人是个非常工于心计的人,这样,尹家的买卖越做越大,家产也越来越殷实。这样的主人当然不会让仆人们有片刻的轻松,从早到晚,仆人们总是有干不完的活儿,整天疲惫不堪。

有一位老仆人,由于工作太忙太累,加上年老身体虚弱,常常是强挺着精神支撑着,到了晚上,便累得浑身酸痛,倒头便睡。老仆人白天辛苦劳作、身心交瘁,晚上睡梦中却常常梦见自己不再给人家做仆人了,而且拥有许多财产,有许多仆人侍候着自己。他甚至还做过当国王的美梦。一次,老仆人梦见自己当上了国王,全国上上下下,皆听他使唤,他身着华贵的服饰,吃着从没吃过的山珍海味,享受着荣华富贵,快乐得如同神仙一般。

老仆人每次都是被从美梦中唤醒,又被催促着去劳作。每当老仆人累得打不起精神时,别人就来安慰他、开解他,他自己却说:

"放心,我想得开,虽然白天劳累些,但是幸好每天都有白昼与夜晚,白天劳作,夜里能有好梦做,也算是休息了,也算是享受了。"

主人却正好与老仆人的感受相反。他每天白天虽然享受着富贵的生活,但他整天工于心计总有想不完的事,操不完的心,心情始终很烦躁,晚上虽然能够入睡,但是,并不能休息得好。

每天夜里,他一闭上眼睛就梦见自己破产了,万贯家产顷刻间化为乌有,他不得不去给别人家做仆人。而且,他给人做仆人总是什么也做不好,不是挨打,就是挨骂,常常发出痛苦不堪的呻吟,从梦中惊醒。

长此以往，他不堪忍受，不得不去求助于朋友，他的朋友告诉他：

"人生在世就是这样，穷富各有各自的苦恼和快乐，苦乐兼得。"

朋友的话点悟了他，他不再为家产的事煞费苦心，对仆人们也放松了，自己从此也轻松了许多。

两个和尚

从前，有两个和尚，一个很有钱，每天过着舒舒服服的日子；另一个很穷，每天除了念经，还得到外面去化缘，日子过得非常清苦。

有一天，穷和尚去有钱的和尚那里，并对有钱的和尚说："我很想到南海去拜佛，求取佛经，你看怎么样？"

有钱的和尚很不屑地说："路途那么遥远，你要怎么去？"穷和尚说："我只要一个钵、一个水瓶、两条腿就够了。"有钱的和尚听了穷和尚的话后哈哈大笑道："我想去南海也想了好几年了，一直没动身的原因是路费不够。我的条件比你好得多，都未能去成，你又怎么去得成呢？"

过了一年，穷和尚从南海回来了，而且还带回来一本佛经送给了有钱的和尚。有钱的和尚看他果真达成愿望，惭愧得面红耳赤，一句话也说不出来。

这个故事告诉我们只要下定决心，有恒心、有毅力，那么再难的事也会变得容易了。穷和尚虽然没有钱，但是因为他有坚强的毅力，才能够跋山涉水，不畏艰险，最终达成愿望。

滥竽充数

齐国首都临淄城外，住着一位复姓南郭的先生。这位先生没有固定的经济收入，所以生活比较拮据。后经朋友的介绍，进得宫中为齐宣王吹竽以养家糊口。尽管他不会吹，不过装模作样起来，也不易被别人觉察。

然而，好景不长。没几年，齐宣王便与世长辞，湣王即位。喜欢独奏的湣王下令，乐队每天一人值班随时为国君演奏，其余队员放假休息，薪俸照给。乐队成员非常高兴。于是他们摆酒庆贺，赞颂湣王的高雅情趣。酒席之上，只有南郭先生怎么也乐不起来，双眉紧锁，一脸苦相。

同伴们有些不解，有的询问，有的劝解，让他把难处说出来，大家帮忙解决。

南郭先生不好意思说出原委，吞吞吐吐，弄得众人特别着急，直到被逼无奈，他才说出实情。众人这才知道南郭先生根本不会吹竽。

南郭先生也觉得十分羞愧，起身灰溜溜地走了。

"滥竽充数"形容没有真才实学的人混在行家中间凑数，或是以次充好，有时也用作自谦之辞。

两个母亲和老虎

有两个母亲，一同带着孩子到山里砍柴。砍着砍着，一只老虎从树林里蹿出来，扑到她们的面前。

"虎大王，"第一个母亲浑身颤抖，噗的一声跪下了，"求求你饶了我这孩子吧，要吃，吃我……"说完，砍刀抖落在地上，孩子吓得躲到了她的身后。

"让我先吃细皮白肉的，你一旁去等着。哼！都逃不出我的嘴巴。"老虎啊呜啊呜几口就把孩子吃掉了。

老虎一转身，扑到第二个母亲面前，张牙舞爪，正要吃第二个孩子，那母亲早已举起砍刀，狠狠地向它迎头劈去，老虎吃了一刀，滴着血逃走了。

"嫂子，咱们回去……"第二个母亲扶起了哭哭啼啼的同伴。两个母亲一起回到了村里。但是，第二个母亲和儿子，双双上山去，双双回家来；另一个呢，双双上山去，却一人哭着回来。

鲁人造酒

传说很久以前，鲁国人不会造酒，他们听说中山国的人不仅会造酒，而且造出的酒味道醇厚、酒香浓郁，就去中山国讨教酿酒的方法。

中山人说：

"这是祖上传下来的秘方，不可以随便向外人泄露的。"

一位鲁国人知道中山人不肯传授造酒技术，心想：

"那有什么难的？我自有办法造出好酒来。"

有一天，这位鲁国人到中山人家里去喝酒，酒酣时，他乘人不注意悄悄溜进了中山人的厨房，偷偷地拿走了中山人家酿酒的酒糟。

回到家后，这位鲁国人自己酿了酒，将偷回来的酒糟泡在酒里，心想：

"这酒泡过之后，酒味肯定与中山人酿的酒一样好。"

过了些日子，他觉得酒已经泡得差不多了，就拿出来请邻居们品尝。邻居们喝过之后，觉得和原来的鲁国酒的味道的确不同了，似乎有点儿像中山人酿的酒，于是，大家交口称赞：

"你真能干，居然能自己悟出中山人酿酒的技术，真是了不起！"

这位鲁国人听了，心里很得意。

从这以后，这位鲁国人逢人就说：

"中山人以为自己酿的酒天下第一，以为保守酿酒的秘方，别人就不会酿出好酒了，真是太自以为是了。我现在自己酿出的酒，同样香醇可口，决不比中山人酿的酒差，哪位中山人不服气的话，请到我这儿来品尝一下，就无话可说了。"

他这样自吹自擂，也没有人与他争辩，中山人照样造自己的酒。他觉得很没趣。为了能显示一下自己酿酒的技术，他决定去请那位中山国朋友到家里来做客,指望这位朋友会帮他宣扬一下。

那位朋友如约前来做客,这位鲁国人十分兴奋地告诉这位中山国的朋友,自己如何有本事,酿出的酒如何好喝,并捧出一坛酒请这位朋友品尝。

想不到这位朋友咂咂嘴说:

"这酒好像我家酒糟的味道,哪里是什么好酒的香味啊!"

隶首失算

隶首是当时全国最善于计算的人。他算算术既快又准，所以当时不管谁有多难算的题，都来找他帮忙，人们都非常佩服，也十分信任他。但是再聪明的人也有失算的时候，因为人不能一心二用，如果一心多用，那么往往要出现错误，隶首也是如此。有一天，有一群鸿雁嘎嘎地从他头上飞过，隶首对射猎向来特别感兴趣，箭术也十分高超，这群鸿雁又勾起他射猎的兴头了。于是，他弯弓搭箭，准备射大雁。就在这个时候，有个人跑过来问他三乘以五等于多少，他也无法算出来。不是因为三乘以五难算，而是因为飞雁干扰了他，使他突然地糊涂了。

这则寓言说明了做任何事都要集中注意力，一心不能二用的道理。

鲁人好钓

　　鲁国有个人非常喜欢钓鱼，平日没事总是拿着渔竿前去垂钓。事实上他并不是真想钓上几条鱼来解决肚子的温饱，不过是想打发一下无聊的时光，附庸风雅而已。因此，他钓鱼时毫不专心，东张张西望望，嘴还没有闭上的时候，水都搅混了也钓不上一条鱼来。

　　久而久之，谁也不愿意靠近他钓鱼。他自己也时常纳闷，为什么我总比大家钓得少许多，左思右想，忽然大彻大悟说，肯定是我的渔具不够好。于是，他便用香桂做钓饵，用黄金做钩，并用银线和绿色的玉石把渔具加以镶嵌和装饰，就连所用的鱼线，也是用漂亮的翡翠鸟的羽毛编织成的。他不但把渔具收拾得很好，而且钓鱼时的姿势和所选的地方也十分讲究，从不马虎。可是尽管如此，他也仍然没有钓上几条鱼来。

　　办事要讲求实效，而不要追求形式，做表面文章，否则，就不会有多少收效，甚至吃力不讨好。

骆驼和小马

在沙漠边缘的草地上，有一匹小马，它整天踏着青草跑来跑去，快得像一阵风吹过。它认为这一带再也没有谁比它更有本领了。

一天，小马听到叮当、叮当的铃声，它抬头一看，原来走来了几个比它大得多的动物，背上还驮着东西，迈着缓慢的步子，正要向沙漠深处走去。小马觉得很有趣，一阵狂奔来到它们面前："喂，你们是谁呀？""我们叫骆驼。"一匹领头的骆驼很谦虚地回答，仍然不停地前进。"你们要到哪里去呀？""我们要穿过前面这一片沙漠，到很远的地方去。""哈哈哈！"小马不禁放声大笑起来，"像你们这样慢吞吞地走，能走得到么？"

"像你这样乱跑可不行呵，沙漠同草原不一样。"带头的那匹骆驼诚恳地说。"哼，还说我乱跑，分明是你们没有本领，我不费吹灰之力就能跑出这片沙漠。"小马说完便向沙漠那边跑去。

小马在沙漠里跑呀，跑呀，沙子是软的，用了很大的劲，跑得却不快。跑了一阵子，就觉得口渴难耐，满眼都是黄沙。它停下来又找不到可吃的嫩草，寻不到水喝，最后竟连方向也迷失了。茫茫的沙漠变得十分可怕，小马心跳得厉害，又狂奔起来，仍然前进不了多少，最后筋疲力尽地倒在灼热的沙子上。

叮当，叮当，它耳边响起了驼铃，多么幸运呀，骆驼们走来了，小马大声呼喊："救命呀，救命呀！"骆驼们发现了小马，拿出干粮和水给小马吃。小马得救了，很快恢复了体力。骆驼给小马指明了走回草原的方向，小马照着骆驼走来的脚印往回走，终于回到了草原上。经过这次深刻的教训，小马很钦佩骆驼，从此再也不骄傲了。

猎人救象

从前，在广东有一个知名的猎手，他的箭术非常高明，每次都箭不虚发。

有一次，猎人又带着弓箭进了大森林。中午时分，他躺在一块大石头旁睡着了。

睡梦中，他感到有人在推他，睁开眼睛一看，吃了一惊，原来他被一只大象用鼻子卷了起来。他使劲想挣脱，可他哪有大象的力气大，只好听天由命了，心里想：

"不知我要遭到什么样的残害。"

正想着，大象已经把他带到了一棵大树底下，将他轻轻放到树下。这只领头的大象仰天长鸣，无数只大象纷纷向他靠拢，似乎并不像要伤害他的样子。猎人不解地看看这只象，又看看那只象，不知道象要他做什么。

忽然，领头的象趴在他身边，眼睛看看树上，又看看他，这样反复几次，猎人似乎懂了，象是让他爬上树去。猎人踏着大象的背，爬到树上，站在树顶端的树干上，猎人仍不知道象要自己做什么。

突然，远处传来狮子的吼叫声，所有的大象都吓得趴在地上，只见大象浑身发抖，用乞求的眼神望着树上的猎人。

猎人明白了。他拿出弓箭，对准凶猛的狮子射了过去。狮子被射中，倒在地上死了。

大象们全都从地上爬起来，围着猎人欢快地跳跃，把长长的鼻子伸向天空，表示着它们的喜悦和对猎人的谢意。

猎人也很高兴，他拍拍这头象的鼻子，拍拍那头象的大腿。这时，那只领头的象用鼻子扯他的衣服，然后自己趴在地上，让他骑上自己的背。

猎人照象的意思做了，大象把他带到密林深处的一个地方，用鼻子掘开厚厚的落叶，里面露出一个深坑，深坑里全是脱落的象牙。

猎人明白了大象的意思，大象是要送给他象牙作为答谢。猎人用绳子捆了几根象牙，重新骑上象背，大象帮他驮着象牙，把他送到了山下。猎人和大象告别后，回到家里，他逢人便说："大象是很懂义气的动物。"

林回弃璧

假国是周代的一个小国，被晋国灭掉以后，百姓都争相逃难。有一个叫林回的贤士，丢掉了价值昂贵的宝玉，背着自己的婴儿慌忙逃跑。有人问他："你是为了钱财吗？婴儿是最不值钱的；你是怕受拖累吗？背着一个婴儿逃难麻烦多着哩。你丢掉了价值昂贵的宝玉，偏偏要背着一个不值钱的婴儿逃跑，为什么呢？"林回回答说："那宝玉只是因为值钱才和我有关系，而这孩子却是我的亲骨肉，他和我是天然地联在一起的啊！"

听到这件事后，庄子认为，因为值钱，靠利害关系结合在一起的，遇上灾难时就会相互抛弃；因为至亲骨肉而天然联在一起的，遇上灾难却会相互援救。相互援救和相互抛弃，二者之间有着天壤之别啊！

老来懊悔

从前，有一个脾气很倔的人，总是想做什么就一定要去做，从不听从别人的劝告，人们背地里都叫他"倔人"。

倔人种地有他自己的主意，他把高粱、玉米种在低洼的地里，把水稻种在山坡上的高地里，当初这样种时，就有人劝他：

"这样种是不行的。水稻喜水，应该种在低洼处，高粱和玉米倒是可以种到山坡上。你正好弄颠倒了，这样怎么能有好收成呢?"

倔人听了，不以为然，仍是一意孤行。当然，这样种法根本不可能有什么收成。倔人却不认真反省自己，硬是一年一年这样种下去，整整10年，待连填饱肚子的粮食也没有的时候，他才想到应该去看看别人的地是怎么种的。这一看，果然与自己的不同，心里才有些后悔。

倔人地没种好，失去了信心，决定还是改行做生意吧。可是，倔人的生意做得也不顺利，货物常常压在手里卖不出去，自然赚不了很多钱。

有人告诉他："做生意脑袋要灵活些，不能看别人进什么货，自己也进什么货，那样，当然卖不掉多少了。应该多进些别人没有的货，别人手里没有的货，你手里有，大家自然就都来买你的货了，这样生意不就好做了吗?"

倔人不为所动，还是照老样子进货、卖货。又过了10年，倔人不仅两手空空，还欠了人家的债，心里很恼火，这才想到别人说的也许有道理，可是已经晚了。

倔人的一个朋友带他出海做生意，船开到一处水势凶险的地方，朋友让他调转方向，他硬是不听，径直冲了过去。结果船逢逆浪无法返回。倔人觉得很对不起朋友，可是为时已晚。

几年之后，他们从别的航线搭乘一艘大船才得以返回，这时，倔人已经成了一个头发花白的老人了。

倔人想到自己屡次不听劝告，因此贻误一生，心中悔恨交加，无限感慨道：

"这样的教训该牢牢记住呀!"

老翁捕虎

有一年，在一个靠近城边的地方出现了一只凶猛的老虎，咬伤了好几个猎户，却一直没有人能抓到它。于是，有人向县令献策说："不如去请徽州府的唐打猎，他武艺超群，一定能除此祸患。"

县令立刻派人带上钱财去请唐打猎。那人回来禀告说，唐因为有事在身，不能亲自前来，但他挑选了两名技艺精绝的猎人前来捕虎，马上就到。

两位猎人到了，人们一看：一个是头发、胡子都白得像雪一样还不停地咳嗽着的老头；一个是年仅 16 岁的少年，人们顿时大失所望。

到了半山腰，只见那少年对着山谷学了一声虎啸，那只老虎立刻从密林中蹿出来，向老人扑去。可老虎刚从老人头顶跃过便扑倒在地，血流成河。原来老虎从下巴到尾骨，都被老人用利斧割开了。人们这才佩服得连连叫好。

艺高人胆大，只有身怀绝技的人，面对凶恶的对手才不会惧怕，而是坚决地战胜他。

两头蛇

　　孙叔敖是我国春秋时期的大政治家,他小的时候,就是个聪明善良的孩子。有一天,他在回家的路上看见了一条两头蛇,又惊慌又害怕,但很快就镇定下来,勇敢地杀死了蛇。回到家,他对母亲说:"听人家说看见了两头蛇的人是活不久的。今天,我就看见了一条,我想,我一定快要死了!"说完,孙叔敖哭了。

　　母亲却笑着摇摇头,接着问:"那条两头蛇现在在什么地方?"孙叔敖回答说:"我怕别人看见它,再害别人,已经把它打死,埋在土里了。"

　　母亲笑得更开心了,说:"孩子,你做得对!你做了这样的好事,谁都会爱护你,不会让你死掉的!"孙叔敖听了母亲的话,抹着眼泪点了点头。

　　从此以后,别人再说起孙叔敖,都说他不仅是一个聪明善良的小孩,更是一个勇敢的小孩。

　　面对危难时,我们不光要想到自己,更要想到别人。

买椟还珠

春秋时期，楚国有一个珠宝商人，有一天，这个商人得到了一颗名贵的夜明珠。为了能将这颗夜明珠卖个好价钱，商人特意到镇上请有名的木匠用上等木料做了一个十分精致的小盒子。然后又请手艺精湛的雕刻工匠在盒子外面雕刻上精致的花纹，还在中间镶嵌了一颗亮闪闪的宝珠，四周又镶嵌了许多彩色的羽毛，同时还用名贵的香料把盒子薰得香喷喷的。到了郑国后，他选了一条最热闹的街市来展示他的珠宝。一些识货的郑国富商看了他的宝贝不约而同地问："多少钱？""不还价，三千两黄金！""哇！三千两，我可买不起！""这儿怎么这么热闹？"大家回头一看，说话的人是郑国的首富朱六。

商人得知此人是郑国首富，便和气地问："客官，您买我的夜明珠吗？"朱六听了心想：早听说夜明珠是个无价之宝，今日遇见，何不买下？"卖多少啊？"朱六装出一副神气的样子问。"不还价，三千两黄金！"商人回答道。"好！三千两就三千两！"朱六说完便将钱拿给了商人。朱六见这盛夜明珠的盒子做工精细，图案艳丽，还散发出阵阵香味，不禁爱不释手，于是他只留下了盒子，把夜明珠退还给了商人。

在这则寓言里，韩非讽刺了那些办事主次颠倒，不辨轻重的人。而那个郑国人只重外表而忽略内容，舍本求末的不当取舍，也是不可取的。这则寓言具有双重的讽刺作用。

卖畚箕的

愚公去世后，子孙都遵着他的遗嘱，日夜去移太行、王屋二山。

百代之后，有个子孙叫愚汉的，东躲西闪，从没掘过一块泥，也没挑过一担土，不是在家中闲坐，就是在街头闲逛。

一日，他正在茶店里跷着腿吃茶，忽见街上沸沸扬扬，都说："移山的大功告成了！"愚汉吃了一惊，慌忙付了茶钱，转到隔壁的山货店里去，买了一副畚箕、一条扁担，向人问了路，三步并做两步地赶去。

太行、王屋二山果然被铲平了，只剩得大小百十个土墩在那里。兄弟辈、子侄辈、叔伯辈，还有曾祖、高祖一辈的，何止千万人，掘的掘、挑的挑、忙个不停。古话说得好："愚者千虑，必有一得。"这愚汉倒也乖巧，空挑着那副畚箕，在人缝里乱撞乱钻，哼哼哈哈，也随着众人喊号子。众人见他面生，挑的那新畚箕不沾一点儿土，问他："你这个汉子是卖畚箕的么？早来几日，几十副也买你的，如今一副也不用了。去吧，在这里碍手碍脚的做什么？"

蒙人叱虎

　　蒙地有一个人，以打猎为生。他的儿子很调皮，趁他不在家的时候，把一张狮子皮穿在身上，跑到野外去玩，正巧遇上了一只正在找食的老虎。老虎以为是一只雄狮，撒腿就逃。猎人的儿子还以为老虎是怕自己，便得意洋洋，觉得自己好威风。

　　第二天，他又背着爸爸，穿着狐皮袍子去野外游玩，没想到玩得正起劲时，突然出现了一只老虎。那老虎站在不远处，斜着眼睛看着他，一动也不动，毫无惊吓之状。他见老虎竟然不逃跑，心中大怒，便大声叱骂老虎。这下可好，惹得老虎发了怒，只听一声大吼，老虎猛扑过去，吃掉了这个人。

　　做人切勿徒有其表而狂妄自负，否则就会自食苦果。

蒙鸠筑巢

　　南方有一种鸟,名叫蒙鸠。蒙鸠快要养孩子了,她想要垒一个窝。树杈上太高了,宝宝若掉下来肯定就没命了;岩缝里地方又太小了,孩子们住起来不舒服;草丛中会有毒蛇……

　　有一天,她猛然看见一片芦苇丛,芦花飞扬,很是漂亮。于是,蒙鸠灵机一动,这片芦苇不高不矮,既挡风雨,又隐蔽,我何不把巢建在这上头呢?于是,她选择了几株比较牢固隐蔽的苇子,开始了建立家园的活动。她不惜用发丝和自己的羽毛编织起来,做成了一个精美的巢,并把它结在了苇杆上,开始舒舒服服地孵小鸟了。没想到,突然有一天晚上,狂风大作,暴雨倾盆,芦苇折断了,鸟蛋打破了,里面的小鸟也被雨淋死了。

　　蒙鸠之所以遭到这样的不幸,正是由于它把鸟巢建在了经不起风雨袭击的芦苇上的缘故。基础不牢,一切努力都是枉然。

买犬捕鼠

有个齐国财主，家里老鼠成群，闹得全家人日夜不宁。于是财主花费不少钱，买回一条凶猛的狼犬巡夜。过了一段时间，财主家的老鼠非但没见减少，反而比以前闹得更凶了。

财主懊丧地向邻居打听："我这只狼犬又大又凶，老鼠为什么一点儿也不害怕呢？"

邻居告诉他："这肯定是条好狗，但是它不会逮老鼠，你要换只猫才行。"

财主又花钱买回两只猫，没多久，家里的老鼠果然少多了，再过一阵子，一只老鼠也没有了。

猫　号

　　齐奄的家里养了一只猫,自认为非常奇特,对外人称呼它是"虎猫"。有个客人对他说:"虎的确很勇猛,但不如龙神奇,请改名叫'龙猫'吧。"又有个客人说:"龙固然是要比老虎神奇,但龙要升天,必须乘云,云不是超过了龙吗?不如改名叫'云猫'。"又有个客人对他说:"云气遮住天空,风很快就把它吹散了。云也抵挡不住风,请改名叫'风猫'吧。"又有个客人对他说:"大风骤然刮起,只要用墙来做屏障,便足可以挡住了。风哪能比得上墙呢?把它叫做'墙猫'好了。"又有个客人说:"墙虽然坚固,但老鼠能在那里打洞,墙是要被老鼠毁坏的。可见墙并不如鼠?就叫'鼠猫'好了。"东乡的一位老人听了这件事,讥笑他说:"唉呀,逮老鼠的就是猫啊。猫就是猫嘛,为什么要让它失去自己的本性呢!"

　　本来是一只猫,为了显示它的神奇,名字改来改去,最后竟令人啼笑皆非地取了个"鼠猫"的名字。对一件事物的虚饰和夸张,只能使它失去本来面目,名不符实。

牧童与狼

　　两个牧童进山走到一个狼窝里，见窝里有两只小狼，他们商量分头捉了它们。然后分别爬上一棵树，两棵树相距几十步远。一会儿，大狼回来了，到窝里一看，发现不见了小狼，急得惊慌失措。这时，一个牧童在树上扭动小狼的蹄子和耳朵，故意让小狼嗥叫。

　　大狼听到叫声，抬头一看，见是小狼，就狂怒地奔到树下，号叫着又爬又抓。这时，另一个牧童又在另外一棵树上把小狼弄得急叫；大狼停声四顾，这才看见还有一只小狼在那一棵树上，于是就从这棵树下奔到那棵树下，和方才一样号叫爬抓。前一棵树上小狼又叫，它又转奔到那里，口中不停地号叫，爪子不停地爬抓，跑来跑去总有几十次，然后就跑得逐渐地慢了，声音逐渐地弱了，后来，就奄奄一息，直挺挺地躺在那里，过了好久，就不动弹了。两个牧童从树上跳下来一看，这只大狼已经断气了。

　　这则寓言充分说明了智慧的重要，有了智慧，就能够以柔克刚，以弱胜强。

穆公失马

战国时期,秦穆公有一次出外巡游,马车在路上坏了,跑了一匹马。秦穆公一直追到岐山南面,见一群人正在宰杀他的马,用来煮肉吃。秦穆公并没有斥责他们,而是关切地说:"只吃骏马肉而不喝酒,会伤害身体,我是担心它伤害你们的身体啊!"秦穆公一个一个地为他们劝酒,然后才离开。

过了一年,秦穆公和晋惠公在韩地打仗,晋军把穆公的战车团团包围住了,晋国的大夫梁由靡紧紧地拉着秦穆公战车上的马,眼看穆公就要被抓住了。这时,曾经吃过穆公马肉的300多人赶来了,提枪持戟在穆公车下同晋军浴血死战,结果不但救出了秦穆公,打败了晋军,而且生擒了晋惠公,凯旋而归。

这个寓言说明,对人宽厚、关怀,就会得到人们的帮助和爱戴。你怎样对待别人,别人也会怎样对待你。

门前有狗

一天,楚王召见陈珍,陈珍到来之后,看到楚王闷闷不乐,问道:
"大王为何事烦恼?"

楚王满腹心事地说:

"国家兴旺要靠人才,我深知此理,也非常敬重那些有头脑、有学识的贤达人士,可是,却苦于总不能如愿以偿。"

陈珍道:

"此话怎讲?"

楚王说:

"我一贯表示要厚待读书人,希望他们能投奔到我这里来发挥他们的才能,可至今却不见有人前来,不知何故?"

陈珍说:

"大王可愿意听我讲一件小事?或许会从中悟出些道理来。"

楚王应允道:

"快快讲来。"

陈珍说:

"我从前在燕国的时候,住在一个小镇子附近。镇里有两家店铺,两家店铺相距并不很远,东边一家店铺货物齐全,买卖也大,可是,上门买东西的人却寥寥无几。西边的那家店铺,虽然货不全,门面也很小,却常常是顾客盈门。"

楚王不解地问:

"那是何故呢?"

陈珍道:

"只因东边那家养有一只很凶的狗,这只狗一天到晚在门前转,吐着长长的舌头,看到有人往店铺来,就龇牙瞪眼,摆出一副杀气腾腾的样子,这样,还有谁有胆量去买东西?连走路都恨不能绕着走。"

楚王听完陈珍的讲述,摇摇头,说:

"竟有这样的店主,如此纵容看门狗,这样怎么能做好生意呢?真是个愚蠢的家伙。"

陈珍却说:

"大王有所不知,大凡狗在主人面前都是驯服的、温顺的,所以主人不知道自己不在场时,狗会是什么样子。"

楚王又问:

"那么,这件事与我说的事又有什么联系呢?"

陈珍一语道破:

"有识之士不通过大王的近臣难道能见到大王吗?"

明主断案

三国时期，吴国的主公孙亮是位机敏聪慧之人。众将官对他皆心服口服。

有一次，孙亮想吃蜜饯梅子，下官派宋门官去取，宋门官答应一声便去库房取蜜饯梅。隔了好长时间方才取来。孙亮有些不悦，问宋门官：

"怎么去了这么久？"

宋门官急忙答道：

"是管库房的库吏弄不清楚蜜饯梅放在什么地方了，才耽误了许多工夫。"

孙亮心中更加不高兴。待他取梅子来吃时，竟发现其中有一颗鼠粪，孙亮气得拍案而起，怒喝道：

"这是怎么回事？"

宋门官急忙跪下，连连叩头道：

"主公息怒，这不关小人的事，一定是库吏渎职所致。似这样不懂规矩的人，一定要严惩才是。"

孙亮让他去将那位库吏找来，那位库吏到了主公府，吓得浑身打颤，不知如何是好。

孙亮对库吏说：

"刚才宋门官去你那儿取蜜饯梅，怎么那么长时间？你身为库吏，竟连库房内物品存放地点都不清楚，难道不是失职吗？"

库吏连连摇头：

"冤枉啊，主公，库内一切物品存放位置，我不仅记在眼里，而且记在心上，主公不信，可考考我。蒙上双眼，我也可以一一指出每件东西的位置。"

孙亮见他如此说，便又问道：

"那么，这蜜饯梅中有鼠粪你知道吗？你怎么会如此粗心大意？"

"主公，这万万不会的！我刚才给宋门官时，看得仔细，蜜饯梅中绝无鼠粪之类的脏东西。"

宋门官见库吏如此说，便一口咬定从他手里接过时就有了鼠粪。

孙亮见他俩各执一词，便对宋门官说：

"去将鼠粪拿过来，我来断断这个案子。"

宋门官取过鼠粪，孙亮让他剖开。此刻众人围观上来，看孙亮如何判案。孙亮看了剖开的鼠粪，怒指宋门官道：

"你为了陷害库吏，竟想出如此卑劣的伎俩！鼠粪若早在蜜中浸泡，定是湿软的，这鼠粪外湿内干，定是你放的。"

宓子论过

宓子贱的客人介绍另一人去见宓子贱。那人见了宓子贱，就像见了老朋友，无所顾忌，高谈阔论，有说有笑。

那人走后，宓子贱对这位客人说："你朋友有三点错误：见到我笑，是轻浮；交谈中不称师，是不尊敬老师；交往不深却无所不谈，是不懂尊卑贵贱的礼节。"客人却说："他见你笑，是正直无私；谈话不称其师，是没有门户之见；初次见面无所不谈，是忠诚。"同样是针对这人的言谈，有人认为品行高尚，有人认为品质卑劣，这是因为各人看问题的观点不同。

看待一个问题，不要急于下结论，也不要抓住问题的一面就以偏概全。要善于听取多方面的意见，因为每个人看问题都有局限性，只有综合各方面的意见，才能得出正确的结论。

盲人摸象

从前，印度有一位国王，他家里养着许多大象。有一天，他正骑着大象游玩，忽然看见一群瞎子，在路边歇息，于是便命令他们走过来，对他们说："你们知道大象是什么样子吗？"瞎子们一齐摇头，说："陛下，我们不知道。"国王笑了："那你们就用手去摸一摸吧，然后向我报告！"

瞎子们赶紧围着大象摸起来。过了一阵子，他们开始向国王报告。摸到象牙的瞎子说："大象好似一个又粗又长的萝卜。"摸到象耳朵的瞎子说："大象同簸箕一样。"摸到象腿的瞎子说："大象和柱子一样。"摸到象脚的瞎子说："大象和舂米的石臼一样。"摸到象背的瞎子说："大象好似一张床。"摸到象尾的瞎子说："你们说的全不对，大象原来跟绳子一样。"

国王听了哈哈大笑。原来他们将自己摸到的一部分，误认为是事物的整体，所以闹出了笑话。

如果不掌握事物的全部特征，只凭自己的局部体验去描述这个事物，最终只能造成片面性的认识，会闹出许多笑话。

买凫猎兔

从前,有个人想打猎,可又不认识凫,别人指着野鸭对他说是凫,他便买了一只又肥又大的。

第二天,他带上野鸭就出了门,发现一只兔子正要逃。这个人使足了劲把那只又大又肥的野鸭扔到了半空中。野鸭不会飞,像块石头一样,重重地掉在地上,疼得它"呱呱呱"直叫。这人跑上前去,抓起野鸭连忙又把野鸭扔向半空,比第一回还要高。野鸭仍不会飞,又沉重地摔落在地上,就这样一直扔了三四回。野鸭被摔得半死不活,忽然从地上站起来,用人的话说:"我是野鸭子呀!你为什么把我这样扔到天上又摔在地下,杀了我吃我的肉,是你们人类的权利呀!"这个人顿时傻了眼。

把凫当做凫,硬要它飞起来去抓兔子,违背了客观规律,闹出了天大的笑话。然而现实生活中这样的事还是屡见不鲜,岂不可悲!

男女有别

傅显这个人喜欢读书,很懂得一些文理,也稍知些医药,但是性情拘泥而迟钝,看上去活像一个腐朽萎靡的老学者。

有一天,他迈着方步到集市上去,逢人便打听:"看到魏三哥了吗?"有人告诉他在那边,他便又迈着方步走过去。等到见了魏三以后,气喘了很久,还迟迟没有开口。魏三问找他有什么事。他才说:"方才在苦水井旁,见三嫂在树下做针线活,累了在打盹儿。您家小孩儿在井旁玩儿,离井口只有三五尺,似乎很值得忧虑。只因为男女有别,不便叫醒三嫂,所以跑来找您老兄。"

魏三一听大为惊慌,立刻奔回家去,等他赶到时,三嫂已经伏在井口哭她的儿子了。

寓言批判了男女有别这类虚伪的封建礼教,也讽刺了迂腐固执地讲究礼节而不知变通的书呆子。

老和尚收徒

从前有座山，山上有座庙，庙里住着一个很年老的和尚。这和尚已年近花甲，加上有些积蓄，便思量着物色一个老老实实、品德端正的小和尚作为徒弟，继承这座庙。

一天，一个小青年来到庙里，求见老和尚，表示愿意出家。

老和尚没有表态，先叫他在太阳底下站两个时辰再说。这时正值盛夏，赤日炎炎似火烧。一会儿，小青年热汗吱吱直冒，打熬不住，趁老和尚不在，偷偷溜下山去了。

过了几天，又有一个后生来到庙里，诚恳地要求出家，请老和尚收他为徒。老和尚也没有马上答应，先叫他到小溪里洗两个时辰木炭再说。后生觉得洗木炭是捉弄人，当场丢下木炭扬长而去。老和尚见了，不由得连连摇头。

又过了一段时间，山下又来了个年轻人。他一踏进庙门，就一头拜倒在老和尚面前，发誓出家终生，不再纠缠尘世，恳求老和尚开恩收下他。老和尚见他出家之心如此坚决，而且又这般有礼，心里有五分欢喜。

于是，他便吩咐他先在太阳底下站两个时辰，之后再进庙里面谈。青年人二话不说，真的在烈日下站了两个时辰，身上晒脱一层皮。

老和尚见了，心里又增加了三分欢喜。接着老和尚又叫他去洗木炭，青年人毫无怨言拾起木炭，足足洗了两个时辰。

老和尚见这位青年人如此循规蹈矩，彬彬有礼，诚实听话，自信收到了一个好徒弟，当下便收进门来。

小和尚进庙后确实十分出众，勤劳能干，兢兢业业。一月有余，所做的事，件件都令老和尚称心如意。

老和尚人前人后好几次都说："收了这么个贤明老实的徒弟，和尚我真是前世修得的缘啊！"

又是一个月过去了。这天老和尚要下山化缘，简单地交待了小和尚几句，就放心地走了。可是待老和尚三天后归庙，发现庙里早被洗劫一空，惟见墙上留下四句诗：

> 老老实实日下站，
> 老老实实洗木炭。
> 和尚师傅出了门，
> 老老实实挑几担。

世事难料，变化莫测。人心则更难预测，即使你擦亮眼睛，经过长期观察，也很难看清楚一个人的心。轻易相信自己的判断力，而又轻易地相信别人，往往就会被别人所骗。关于这一点，"卧薪尝胆"那个经典故事曾给我们作过最好的诠释。

南柯一梦

　　唐代有个人叫淳于棼,他爱喝酒,性豪放,不拘小节。有一天,他与朋友喝酒,醉得不省人事。两位朋友将他扶回家,让他睡下。他的家在广陵郡东,住宅南边有一株枝叶繁茂的大槐树,可阴盖十亩来地。淳于棼昏昏然中,突然看到有两个穿紫衣的使者向他下拜,自称是槐安国国王派来邀请他的。

　　淳于棼下了床,跟二位使者上了一辆四匹马拉的青油小车,直奔古槐树的洞穴中。只见两边的山川草木道路,与人世很不一样。后来进入了一座大城,大红的门楼上题着"大槐安国"四个金字。国王很隆重地接待了他,封他为驸马,与公主成了婚,生了五个儿子两个女儿。后又封他为南柯郡太守,并不断加官晋爵,地位显赫,无人能比。不久公主去世,淳于棼受到国王猜疑,被遣送回家。当他跟随原来那两位使者出了槐穴,回到床上,突然清醒,才发现是一场大梦。送他回来的那两位客人仍在他家,太阳也未西下。

　　淳于棼对客人讲了梦中遭际,于是几个人一起到了古槐树下,挖开槐穴,见到一个大蚂蚁洞,中间有个城台,上面有两只大蚂蚁,左右有几十个大蚁卫护,这里就是梦中所见的槐安国国都。在南边枝上有一蚁穴,也有土城小楼,就是他曾任太守的南柯郡了。

南辕北辙

战国时期，魏王想发兵攻打赵国的都城邯郸。魏国大夫季梁听说后，立刻从半路上返回来，衣服顾不得换，脸也顾不得洗，匆忙来见魏王。魏王看他这样风尘仆仆、慌慌忙忙赶来，觉得很奇怪，便问："你怎么走到半路就回来了？难道有什么特别要紧的事吗？"

季梁说："是啊，这次我从外地回来，在太行山下看见这样一个人，他驾着一辆马车朝背驶去，但却告诉我说：'我打算到楚国去。'我对他说：'您到楚国去，为什么不朝南走反而朝北走呢？难道您不知道楚国在南边吗？'他回答说：'没关系，我的马好，跑得快！'我说：'您的马虽然好，可是这不是去楚国的路呀！'他又说：'不怕，我带的路费多。'我说：'您的路费多又有什么用呢，这确实不是去楚国的路呀！'他还坚持说：'我的车夫赶车的本领高。'他的这些条件再好，如果朝北走，离楚国只能是越走越远啊！"

魏王听后，觉得十分好笑，就说："天下哪有这么糊涂的人呀！"季梁接着说："现在，您的志愿是要建立霸业，想当诸侯的首领，一举一动都应慎重考虑。可是您却倚仗国家强大、军队精锐，用攻打赵国的办法，来扩大地盘，抬高威望。您这样攻打别国的次数越多，离您的愿望就会越来越远。这不正像那个人要去楚国而朝北走一样吗？"当一个人迷失方向，他所具备的一切优点或长处，不仅不能帮助他，反而会助长他的错误。所以说一个人即使有许多优点或长处，也不足以决定成功，更重要的是要有正确的方向。

蒲公英

蒲公英妈妈有许多孩子。它交给每个孩子一把小伞,对它们说:"去吧,孩子们。东西南北,天涯海角,到广阔的世界去闯荡吧,美好的生活在等待着你们!"

一阵风吹来,蒲公英的孩子们告别了妈妈,快乐地撑着小伞,忽忽悠悠、高高低低地飞呀、飘呀,都走了。

住在旁边的桃树婶婶见了,大为惊奇地问蒲公英妈妈:"怎么,你让孩子们都走了?"

"都走了!"

"身边一个也不留?"桃树婶婶很不理解,为蒲公英妈妈感到惋惜。

"一个也不留。"蒲公英妈妈说。

桃树婶婶又问:"它们这样细小脆弱,能经得起风雨的摧残吗?你一点儿也不为它们担心吗?"

蒲公英妈妈笑道:"用不着担心,我们蒲公英家族,就是这样才散布在全世界的……"

庖丁解牛

战国时期,魏国的国君魏惠王,有一次去看魏国著名的厨师庖丁解剖牛。庖丁解剖牛的时候,手、脚、肩膀、膝盖的动作和刀的响声,同音乐一样有节奏。他毫不费力地把牛的骨头和肉分割开来,手起刀落,干净麻利。

魏惠王看后十分惊叹、佩服,便问他:"你的手艺怎么这样高呀?"

庖丁答道:"其实,这没有什么奇怪的,因为我对牛的肉和骨头的结构已经很熟悉了。哪里是关节,哪里是筋骨,从哪里下刀,需要多大力气,全都心中有数。"

魏惠王又问:"你这把刀一定很快吧?"庖丁笑笑说:"这把刀我已经用了19年,解剖了几千头牛,还像新刀一样锋利。原因在于碰到复杂的结构,我总是认认真真,动作很慢,下刀很轻,聚精会神,小心翼翼。"魏惠王听后,连连点头。

这则寓言说明,对待任何工作,只要善于学习,反复实践,就一定能取得成效。

曲高和寡

战国时,楚王很相信宋玉,让他随时跟从在身边。有一些人对此很不满意,纷纷在楚王面前状告宋玉。

有一次楚王问宋玉说:"为什么大家都不喜欢你呢?"宋玉点头回答说:"是的,大家都不喜欢我。不过我想请求大王耐心听我说。"楚王说:"好吧!"

宋玉向楚王讲了一个故事:楚国都城里有一个人很会唱歌,当他唱到楚国民歌"下里巴人"时,跟着他唱的有几千人;接着他唱稍微高深一点的"阳阿"等曲时,跟他唱的不过几百人了;当他唱到高雅艰深的"阳春白雪"时,跟他唱的就只有几十个人了;当他把五音的特色都加以发挥,并使它们组成协调曲子的时候,跟他唱的就只有几个人了。原因是曲调越高雅,唱法就越难,跟他唱的人自然就越少("是其曲弥高,其和弥寡")。一个真正有本领的人处在世上,往往都是独来独往,超然立在众人之上的,好像高飞九千里的凤凰和遨游九万里的鲲鱼,一日就从北海游到南海一样,小动物们都不理解它们为什么要飞那么高,游那么远。

最后宋玉说:"那么多的人不喜欢我,正是这种原因!"

曲调越高雅,能跟着唱的人就越少。故事的原意是比喻知音难得;现在多比喻言论或文章不通俗,能理解的人很少,含有讽刺意味。

千金求马

古代有一国君，他愿意出价千金买一匹千里马，可是一连三年，都没买到一匹。一个太监对国君说："请让我去试一试吧。"于是，国君派他去寻找千里马，找了三个月，竟然发现了一匹千里马。可惜的是，马已经死了。他就出了500金，买下了这匹马头，将它带回去向国君汇报。

国君一见马头就恼怒地说："我要你去买千里马，你为何买了个死马头回来？"那人不慌不忙地说："大王所要买的千里马，死马尚且500金，何况活马呢？天下人若知道大王是真心实意愿意出高价买马，千里马就会主动送上门来的。果然，不到一年，送上门来的千里马就有好几匹。"

要想做好一件事情，必须树立威信，让人了解你的诚意是十分重要的。

歧路亡羊

　　战国时期,有位著名的思想家名叫杨朱。有一天,杨朱的邻居跑丢了一只羊,于是全家出动去寻找,又来请杨朱的僮仆也帮助去寻找。杨朱问道:"仅仅丢了一只羊,为什么需要这么多人去找呢?"邻居说:"村外的岔路太多了,所以人去少了不行。"于是杨朱就让僮仆和邻居一起去找羊。

　　过了半天,找羊的人陆续回来了。杨朱问邻居:"羊找到了吗?"邻居说:"跑丢了。岔路太多了,谁知道羊跑到哪条路上去了!"杨朱思考了好久,对他的学生说:"由这件事联想到我们的学习,如果也是东抓一把,西抓一把,不能专心一致,也会像在岔路上找羊一样,结果会一无所获呀!"

　　在治学、做事上也有许多岔路,目标不明确,一会儿向东,一会儿向西,也会迷失方向,难有收获。

寝薪未燃

从前，有个自称是极聪明的人，办事总是凭着侥幸的心理，而且还很爱自吹自擂。说得多了，邻居们慢慢地都很讨厌他了，觉得他整天不学无术，只会吹牛皮罢了，谁也不愿意理睬他。可是这人却总是不甘寂寞，生怕受到别人的冷落。见邻居都不愿理他，于是就想出了一个哗众取宠的怪点子来。这一天，这个人抱来火盆放在柴堆下面，自己则爬到柴堆顶上睡起了大觉。他的这一危险的举动被一位好心的邻居发现了，吓得不由分说将他拉了下来，大火这才没有把柴堆烧起来。这人不但不感激邻人的救命之恩，反而逢人就宣传说睡在底下有火的柴堆上面很安全。

不过，邻居不但不为他这一英勇举动所感动，反而更讨厌他了。其实，这不过是苟且偷安而已，实际上是很危险的。

我们对一些事情要防患于未然，决不能抱有侥幸心理。

鸲鹆学舌

　　八哥是生长在南方的一种鸟。人们用网捕到它们后，便训练它学说话。日久天长，八哥就能跟人学舌了。但它只能模仿几句而已，从早到晚所唱的也就那么几声。

　　一天，一只蝉在院子里不停地叫着，八哥听到蝉的叫声后，便嘲笑它叫得单调、难听。蝉止住叫声，对八哥说："你能学人说话，这固然很好；然而你说的不是自己的话，实际上等于没说。我虽然叫得单调一些，可这声音不管怎么说是我自己的呀！要不，你自己再说几句不是学来的人话！"

　　八哥张了张嘴巴，怎么也说不成，就羞愧地低下了头。从此以后，它再也不跟人学舌了。

　　像八哥一样，没有真才实学、真知灼见，而只是一味模仿他人，人云亦云，还要到处吹嘘的人，才是最没有出息的。

杞人忧天

杞国有这样一个人,他害怕会天塌地陷,自己无处存身,急得觉也睡不着,饭也吃不下。有个人便替这个人的忧虑担心,便去开导他说:"天不过是积聚起来的气体,没有什么地方没有气体。你的一俯一仰,一呼一吸,整天在天空气体里面活动,为什么还担心它会塌落下来呢?"

这个人说:"天如果真是气体,那么,日月星辰不是要掉下来了吗?"去开导他的那个人说:"日月星辰也只不过是气体中会发光的物体罢了;即使掉下来,对人也不会有什么损伤。"

这人又说:"那地坏了又怎么办呢?"那人说:"大地是土块积成的,土块塞满了四方,没有什么地方没有土块。不管你走着站着,整天都在地上活动,为什么还担心它会崩坏呢?"

这人听了,立刻消除了忧虑,十分高兴;开导的那个人因为帮助这个人解除了他的担心,也十分欢喜。

黔之驴

古时候,贵州(黔)一带没有驴,那里的人们对于驴的相貌、习性、用途等都不熟悉。有个喜欢多事的人,从外地用船运了一头驴回贵州,可是一时又不知该派什么用场,就把它放到山脚下,任它自己吃草、散步。

一天,一只老虎出来觅食,远远地望见了这头驴。这只老虎也从来没有见过驴,看到这家伙身躯庞大,耳朵长长的,脚上没有爪,样子挺吓人。老虎有点害怕,在心里琢磨:妈呀,什么时候跑出这么个怪物来了,看上去似乎不太好惹。还是不要贸然行事,观察一下再说吧。

连续几天,老虎都只躲在密密的树林里面观察驴的行为。后来觉得它好像不是很凶狠,就大着胆子小心翼翼地慢慢靠近它,但还是没有搞清楚它到底是个什么东西。

有一次,老虎正慢慢地接近驴,驴忽然长叫了一声,声音十分响亮。老虎吓了一跳,以为驴想吃掉它,回头转身就跑。跑到较远的地方,老虎又仔仔细细地观察了驴一番,觉得它似乎没什么特别厉害的本领。

又过了几天,老虎渐渐习惯了驴的叫声,于是它又进一步和驴接触,以便深入地了解它。老虎终于走到驴身边,围着它又叫又跳,有时还跑过去轻轻挨一下驴的身体再跑开。

驴终于被老虎戏弄得愤怒了,就抬起蹄子去踢老虎。开始的时候,老虎还稍稍有点惊惶,不久见驴再也无计可施,终于明白了,原来驴总共也只有这么点伎俩。老虎非常高兴,嘲笑着驴说:"你这个没用的家伙,原来也就这么几招本事啊!"说着就跳起来扑上去,咬断了驴的喉管,吃光了驴的肉,心满意足地离开了。

貌似强大,没有什么大本领的驴子,终于被老虎吃掉了。柳宗元用驴子的下场警告那些装腔作势,吓唬人的人。

骑虎难下

有一个青年要到一个村庄去办事，途中要经过一座大山。临行前，家人嘱咐他：遇到野兽也不必惊慌，爬到树上，野兽便奈何不了你了。年轻人记住家人的话，一路风尘仆仆。

他小心翼翼地走了很长时间，并没有发现有野兽出现，看来家人的担心是多余的了。他放下心来，脚步也轻松了几分。正在这时，他突然看到一只猛虎飞驰而来，于是连忙爬到树上。

老虎围着树干咆哮不已，拼命往上跳。年轻人本想抱树干，但却因为惊慌过度，一不小心从树上跌了下来，刚好跌在猛虎背上。他只得紧紧贴住虎背，两手紧紧扣住老虎的脖子，而老虎也受了惊吓，立即拔腿狂奔。

另外一个路人不知事情的缘由，看到这一场景，十分羡慕，赞叹不已："这个人骑着老虎多威风啊！简直就像神仙一般快活。"

骑在虎背上的年轻人真是苦不堪言："你看我威风快活，却不知我是骑虎难下，生死未卜呢！"

儒子驱鸡

有个书生住在乡下，他的妻子养了一只鸡，一次妻子下地干活，书生看书看累了，就出去走动走动，不小心把鸡放跑了，这个书生急忙去赶鸡。他追得急了，鸡受惊乱窜；赶得慢了，鸡又停住观望。

鸡刚要向北，他突然拦截，鸡便掉头跑到南边去了；鸡刚要往南，他又一拦，鸡就回身向北跑去。当他逼近时，鸡就扑打着翅膀飞去；当他远离时，鸡又漫不经心地随意走动。急得他毫无办法。

妻子回来后，见他这样，便告诉他："应该是在鸡安闲的时候接近它。当鸡徘徊不定、神情不安时，用食物去喂它。要去诱引，而不能硬赶，这才是赶鸡的最好方法。鸡不惊，自己就会顺路回家的。"书生听了妻子的一番话，才恍然大悟。

做一件事之前要先了解其性质、特点，只有懂得因势利导，讲究方式方法，才能有效地开展工作。

攘鸡者

战国时有个偷东西上瘾的人，每天都要去偷邻居家的鸡。

有人劝告他说："这不是正人君子的品德。你以后不要再干这种事了。"

他听后表示愿意接受劝告，却又说："那就减少一点儿，以后每月偷一只鸡，等到明年，减成每两个月偷一只，后年再半年一只，直到最后停止。"

听到这话，前去劝告他的人和周围的人都不知该如何说他了。

如果已经知道是错误的做法，就应该立即停止下来，为什么还要等到多年以后呢？

明知错了，就该马上彻底改正它；找各种理由，文过饰非，只减轻错误的程度，拖延不改，无非是自欺欺人罢了。

染　丝

　　墨子出游,路过一个染行,看见有人在染丝,感慨地说:"雪白雪白的蚕丝放进青色的染料中,就会变成青色,而放进黄色的染料中,则又变成了黄色。染料的颜色改变了,蚕丝的颜色也就随着改变。蚕丝染了5次,它的颜色也变换了5次。因此,在染丝的过程中,不能不小心谨慎啊!"

　　不但染丝是这样,就是社会、国家也像染丝一样。

　　社会好比一个大染缸,五颜六色,人要与各种各样的人、事、物打交道,真假、善恶、美丑,无时无刻不对人的思想产生影响。因此应该逐步提高自己的文化修养,增强分辨事物的能力,注意来自客观环境的影响,把握自己,既不要人云亦云,也不要随波逐流。

任公钓鱼

任国的公子做了一个很大的钓鱼钩,用很粗的黑丝绳系上去,用50头犍牛做诱饵。他蹲在会稽山顶上,把钓竿上的饵投到东海,每天都这样垂钓,整整一年过去了,他却一条鱼也没有钓到。

后来有一条大鱼吞了他的鱼饵,一会儿牵着大钩沉没水底,一会儿张鳍摆脊愤怒地窜出水面。只见白浪如山,海水震荡,叫声如鬼哭神号,千里闻之都会心惊肉跳。任国的公子终于钓到了这条大鱼。他把它开肠破肚,切成许多块,然后加工制成鱼干。

自浙江以东、南岭以北的广大地区,所有的人都饱餐了这条大鱼。这件事情过去以后,那些才疏学浅专爱说长道短的人,都惊奇地相互传说这件事。

由此看来,拿着普通的钓具,成天在小沟小河旁边打转,眼睛只看见鲇鱼鲫鱼一类小鱼的人们,要想钓到大鱼实在是太难了!那些发表肤浅的议论却希望博得高名美誉的人,他们离深明大义、洞彻世事的思想境界,也相差很远啊!因此,那些没有听说过任公子志趣广博、抱负远大的人,他们与那些经世之才相比,相差很远啊!

任公子终于钓到大鱼的故事说明了放长线才能钓到大鱼。那些眼光短浅,"趣灌渎,守鲵鲋"的人,是永远得不到大鱼的。它告诫人们,一个人要成就一番大的事业,必须有远大的抱负,广阔的视野,不追求一朝一夕的成功,而要按照既定的目标,始终坚持下去。

守株待兔

古时候，在宋国有个农夫，他种着几亩地，在他的田边上有一棵大树。有一天，农夫正在田里耕地，突然，一只兔子从草丛里窜了出来，一不小心，撞在大树上。那只兔子撞断了头颈骨，死在了树下。

农夫看见后，把兔子捡起来，当天晚上农夫一家人就吃到了一顿美味的兔肉，还得到一张兔皮，开心极了。从那以后，农夫再也不想干活了。整天守在那棵大树下，希望再捡到撞死在树下的兔子。

一天、两天过去了，十天、半个月过去了，农夫再也没有等到第二只撞死在大树上的兔子，荒芜了庄稼害了一家人。其实，野兔撞在树上死去，这是非常偶然的事，它并不意味着，别的野兔也一定会撞死在这棵树下。可是，这个农夫竟然以偶然当做必然，不惜放下农具，任其耕田荒芜，就等待偶然的收获，真是太愚蠢了。

把偶然发生的事当成必然要发生的事，期待偶然事件再次发生，是不会有结果的，也是愚蠢可笑的。

塞翁失马

古时候，有一个老头儿，因为住在边境的一个城镇上，人们都管他叫塞翁。

有一天，塞翁家的马突然跑到塞外去了。邻居们都替他感到惋惜，前来安慰他。可是塞翁一点儿也不着急，反而高兴地说："丢了一匹马没有关系，怎么知道这不会成为一件好事呢？"

过了一段时间，那匹马自己跑了回来，并且还带来了一匹匈奴的骏马。邻居们知道后，都赶来向他庆贺。可是塞翁并不为此感到高兴，他说："这算不了什么，虽然白白得到了一匹好马，怎么知道这不会变成一件坏事呢？"

塞翁的儿子很喜欢骑马。一天，他骑上那匹骏马出去游玩，不小心从马上摔下来，把腿摔断了。

邻居们知道这个不幸的消息后，自然又前来安慰。可是塞翁并不难过，他说："这没什么，孩子的腿虽然摔断了，怎么知道这不会成为一件好事呢？"

不久，匈奴大举入侵，边塞上的青壮年都被征去当兵，大部分人死在战场上。塞翁的独生子却因为伤了腿，不能去当兵打仗，和父亲一起保全了性命。

一切事物无不在一定条件下发生变化，坏事可以引出好的结果，好事也可以引出坏的结果。正所谓"祸兮福之所倚，福兮祸之所伏"。

神龟托梦

相传春秋时期,有一天半夜里,宋元君梦见一个披头散发的人对他说:"我从名叫宰路的深潭中来,是奉江神的差遣到河神那里办事去的,不料半路上被一个叫余且的渔夫捉去了。"元君醒来以后,叫人为他占卜这个梦。占卜的回答说:"这是神龟啊。"元君问道:"渔夫当中有个叫余且的吗?"左右的臣僚们说:"有。"元君说:"传令余且,参加朝见。"

第二天,余且来朝见宋元君。元君问他:"你打渔时打到了什么呀?"余且回答说:"我打到了一只白龟,它的直径长达5尺。"元君命令余且把龟献上来。龟被献上来了,元君不知该怎样处置它,于是又去占卜。卜人回答说:"杀死那只龟用来作占卜用,肯定会吉利。"于是,他从两边把龟破开,又掏空了龟的内脏,然后用它来进行占卜,结果占卜了72次,一次也没有出过差错。

孔子听说这件事后,感慨地说:"这只神龟有本领在元君面前现梦,却没有本领逃避余且的网,它的智慧能够做到72次占卜不出差错,却无法逃避破壳剖肠之灾。可见,智谋再深的人也有糊涂的时候,神机妙算的人也有料想不到的事情!世界上虽然有最高的智谋,也敌不过万人的谋划啊!"

狮猫斗大鼠

明朝万历年间，皇宫中有只老鼠，身体几乎同猫一样大，危害很大。于是宫廷派人在民间到处寻求好猫来捕捉老鼠，可是，猫总是被老鼠吃掉。刚巧有外国使臣进贡了一只狮猫，毛色雪白。

于是，人们就把这只狮猫抱到有老鼠的房子里，关上门，在暗中偷看它将如何动作。

只见狮猫蹲在那里一动也不动，老鼠探头探脑地从洞里爬了出来，它一看见猫，就狂怒地朝猫猛扑过去。

猫跳到桌子上，避开了它，老鼠也跟着跳上来，猫于是再跳下去，这样反反复复不止一百次。大家都说猫害怕了，以为这也是没有什么本事的下等猫。

后来，老鼠奔跳渐渐迟缓了，大肚子一起一伏，喘着粗气，只得蹲在地上稍稍休息。

这时，狮猫突然猛冲下来，用爪子抓住老鼠头顶上的毛，嘴巴咬住它的头，同老鼠扭成一团，猫发出"呜呜"的怒声，老鼠则发出"啾啾"的凄厉声。

大家急忙推开门一看，老鼠的头已经被狮猫嚼碎了。这时人们才知道，原来猫在开始时回避老鼠，并不是怕它，而是在等待它懈怠的时候。

狮猫面对大老鼠气势汹汹的进攻，避其锐气，耗其实力，抓住老鼠疲惫、懈怠的时机，出其不意，攻其要害，终于消灭了这只不可一世的大老鼠。狮猫的胜利，不在于勇和力，而在于智慧。

神工鬼斧

相传春秋时期，鲁国有一个技术高超的木匠，名叫庆。古代的木匠被称做"梓人"，所以人们都管他叫梓庆。

梓庆能制作各种各样精巧的器具。有一次，他用木头雕刻成一个木镰，木镰是古代一种像钟的乐器。梓庆做的木镰外形精致美观，声音清脆洪亮。凡是见到它的人都非常惊奇，不敢相信这是人工做出来的，好像是出自鬼神之手，或是仙人之作。

鲁国的国君问梓庆做出这样惊人的乐器，到底有什么诀窍。梓庆回答说："我并没有什么诀窍。我在做这个乐器之前，先停止一切活动，静下心来，排除一切杂念，甚至连自己的四肢形体都忘了。然后到山林中去挑选做乐器的木材。在选择材料和加工制作的过程中，心里只想着乐器，把所有的心血都凝聚在它上面。这样专心致志，精雕细刻，自然就能做出好的乐器。"

如果一个人排除一切个人利害得失和外界的任何纷扰，并且能按客观规律办事，就一定会取得成功。

食无精粗

明朝嘉靖年间,有位称为直指使(官名)的官吏,对饮食特别讲究,常常因为饭菜做得不可口责骂部下。郡县的长官每次接待他都很紧张。他的老师刘麟过去担任过工部尚书,已经退休归家,听到这件事后心里很难过,决心找个机会教育一下自己的学生。

一天,直指使来拜访老师。刘麟很高兴,对学生说:"我本想设宴款待你,又怕误了你的公事,就吃顿便饭吧。不过你师娘不在,没人下厨张罗,家常便饭吃得下吗?"

等到过了中午,还不见有人布置筵席,直指使饿得实在难受,又不好意思催促,只好忍着。好不容易等到饭菜端上来,直指使一看,竟是一盆粗米饭和一盆豆腐菜。这在平时,他是难以下咽的,但到这时他却已经饿得到了饥不择食的地步,顾不得说什么,端起碗来,大口大口地吃了起来。

一连吃了三碗,觉得十分香甜,直到不能再吃了,才放下筷子。这时刘麟的仆人又端出山珍海味,特别丰盛,摆满了桌子。刘麟又硬让他吃,可是他怎么也吃不下去了,只好推辞。这时老师开口说:"饮食本来没有粗细之分,饥饿时吃起来就香,饱肚时就难以下口,你说对吗?"直指使听后十分惭愧,连连点头,他向老师保证,以后再也不挑饭食了。

饮食没有绝对的粗细之分,饿时粗茶淡饭是香的,吃饱饭后,即使美味佳肴也难以下咽。这说明,人在物质享受上是没有穷尽的,在物质条件好的时候,一定要想到艰苦的环境条件。

死后不赊账

从前，有一个乡下人，平时生活很节俭，而且非常吝啬。没几年，他家富裕起来了。

终于有一天，当他病倒在床上，快要咽气的时候，他悲切地对妻子说："我这一生苦心节俭，该吃的舍不得吃，该用的舍不得用，连亲戚朋友都断绝关系不来往了。现在刚刚富裕起来，却要死了。我死后你们一定要把我的皮剥下来卖给皮匠，把肉卖给肉铺，把骨头卖给油漆店熬胶。"他抓住妻子的手，一再嘱咐要千万记住，说完后便断气了。死了半天后，他突然又醒了过来，嘱咐妻子说："我还忘了一件事，当今世上人情浅薄，你千万不能赊账给他们。"说完，便真的死了。

作品描写了一个极其吝啬的人，他临死之前，还不忘把自己分割卖掉而且不赊账。"当今之世，人情浅薄"是他的思维定势，这就决定了他吝啬的生活态度。

说　麟

　　古时候，有一个人从没见过传说中的麒麟，他就去问曾经见过麒麟的人："麒麟是什么样子的，它长得像什么呀？"

　　见过麒麟的人觉得这问题问得莫名其妙，便说："麒麟就像麒麟的样子啊！"

　　问的人听了，仍是不明白，反而觉得他的回答莫名其妙，便说："假如我曾经见过麒麟，就不会问你了，你却回答说麒麟就像麒麟的样子，这是什么话，又怎么能让人明白呢？"

　　见过麒麟的人这才意识到自己回答得不得体，便说："麒麟，身体像鹿，尾巴像牛的尾巴，蹄子像鹿的蹄子，背像马背。"问的人一下子就明白了。

　　这个寓言告诉人们：回答问题要具体才容易被人理解。千万不能从概念到概念，脱离对方的认识范围，让人越听越糊涂。

山鸡舞镜

山鸡长着一身自以为美丽绝伦的羽毛，每当她的身影映照在水里，她就对着那影子飞舞顾盼，并发出快乐的叫声。

魏武帝时候，南方进献给曹操一只山鸡。曹操听说过这种鸟善于飞舞鸣叫，可是想尽各种办法，山鸡都无动于衷。曹操很失望。这时，博学多才的公子曹冲命人搬来一面特大的镜子，放在了山鸡面前。山鸡看见镜子里自己的影子，立刻两眼生辉、抖擞羽毛、仰首翘尾，旁若无人地对着镜子引吭高歌，载歌载舞，山鸡愈舞愈欢，上下翻飞，跳跃盘旋，简直令曹操和群臣吃惊万分。不料，只一会儿工夫，它竟猝然倒地，毙命于镜前了。

这则寓言很形象地说明了办任何事情都必须有一定的限度，做到适可而止；更说明切不可得意忘形，不知所以。

宋清卖药

长安城里有一位人人皆知的药商,叫宋清。宋清待人宽厚,药的质量也高,所以远近皆知。

宋清收集药材很严格。凡是到他这里来卖药材的都知道宋清的人品好,价格合理,而且对送药材的人十分客气,热情地款待他们,请他们吃饭,远道来的还安排在自己家里休息过夜。所以,采药人都争先恐后到他那里卖药。

宋清的药好,来他这儿买药的人自然就很多,他配的药又从没有出过一点儿差错,人们都很信任他。加上宋清卖药时,如果对方一时无钱付账,还可以赊账。宋清总是说:

"治病救人要紧。钱什么时候有,再送来就是了。"

人们因此十分赞赏他的人品。有的人家药费拖了一年,仍无钱付账,宋清也从不上门讨账,每到年底,宋清总是烧掉一些还不起钱的欠条。

有人对此颇不理解,说:

"宋清这人一定是脑袋有问题,否则,怎么会办那样的傻事?"

宋清却说:

"我并不觉得自己傻,我卖药挣钱不过是为了供养家人的生活所需,我现在生活得很好不就行了?"

"卖药40多年,我总共烧掉别人的欠据数不清了,这些人并非是为了赖账,有的人后来当了官,发了财,没有欠据,他照样不忘当初,会加倍地送钱来还我的,真正不能还的毕竟是少数。如果像有些商人,对欠账的人不依不饶,那么怎么会有买主上门求药呢?人品是最好的宣传,人们对你信任,有事才会来找你,而不找别人,这是多少钱都买不来的友情。"

宋清的确就是以德取信于民,赢得了众人的敬重,他的生意也就随之越做越大,成了当地有名的富商。

对此,社会上议论颇多。

有人曾说:

"无奸不商,无商不黑。"

人们就用宋清来反驳这个论点。

柳宗元就说过这样的话:

"如今的朝廷、政界充满了惟利是图的市侩风气,而商人中却有宋清这样的正直人,这真是一个不小的讽刺啊!"

恃胜失备

古时候，逸名山一带常有强盗出没，人们对其毫无办法，据说，这个强盗有绝招。有人曾碰上过强盗，躲是没办法躲了，便和他搏斗。刀枪刚交锋一会儿，强盗事先含了一口水，猛然吐到这人脸上，这人突然吃了一惊，这一惊的瞬间，对方已将刀扎进了他的胸口。这人不但没能消灭强盗，自己反而丧了命。后来又有个壮汉遇到这个强盗，他事先知道强盗喷水的花招了。强盗又用同样的方法，可壮汉心里早有准备，强盗却不能变换花样，他故伎重用。在强盗喷水时，壮汉摆头闪过，回手便用长枪刺穿了他的脖子。

这个故事说明了一个很简单的道理，方法用过了，别人就会有所防备，如果还想用老办法取胜，结果只能自取灭亡。

寓言告诫人们，要不断进取，不能骄傲自满。依靠一种方法，去对付各种问题，以不变应万变，那是不可能的。

蜀鸡与乌鸦

豚泽人喜欢养蜀鸡。这种鸡身上有花纹，脖子上长着一圈红色的羽毛，很是美丽。有一天，母鸡带着小鸡去找食吃，忽然，有一种名叫晨风的大鸟飞过，母鸡急忙张开翅膀，把小鸡紧紧地护住。晨风无法捕捉到小鸡，只好悻悻地飞走了。

过了一会儿，一只乌鸦落到了地面上，和小鸡们一同找食吃。乌鸦和小鸡很亲切，简直就像兄弟一样。母鸡看了它好久，乌鸦总是显得温顺和善，母鸡也就不再提防它了。乌鸦见时机成熟了，突然叼起一只小鸡飞向了天空。母鸡一下子明白了是怎么回事，呆呆地望着天空，好像后悔被乌鸦欺骗了。

当人们太平安全时，由于放松警惕，往往会招来大祸。所以，必须居安思危，不能麻痹大意。

三个伙伴

在一片树林里，住着牛、驴和狐狸。它们三个既是邻居，又是好朋友。

一天，狐狸来找牛和驴商量，想出一次远门：

"听说要寻找幸福，就必须到深山里去，咱们三个一起去好不好？"

牛和驴表示赞同，于是它们就结伴出发，往深山里去了。

在通往深山里的路上，几天前曾经有个猎人在此经过，猎人打死了一只老虎，把虎皮搭在马背上走路，不巧又遇到了一只狼，猎人又将狼打死，把狼皮也搭在马背上。

夜里猎人行进在悬崖边上，马不慎失蹄将两张兽皮甩掉后，和主人一块儿跌进深谷中摔死了。

狐狸、牛、驴路过这里，看到了虎皮和狼皮，狐狸很有心计，建议带上这两张皮。

驴很懒，说什么也不肯驮这两张皮，狐狸就去和牛商量：

"牛老兄，那只好麻烦你驮上这两张皮了。"

牛不解地问：

"这两张皮有什么用？为什么一定要带上它们呢？"

狐狸很自信地说：

"总会有用上的时候，我相信。"

牛很憨厚，没再说什么，就驮上了这两张皮。

三个伙伴又行了一段路，忽然发现后边有响动，原来是小虎和小狼出来寻找父亲，发现了狐狸、驴和牛的脚印，就追踪而至。

牛和驴远远看见了虎和狼的影子，吓破了胆。狐狸却很镇定，嘱咐牛和驴按它的主意行事。

等小虎和小狼追到跟前,牛故意对着狐狸喊:

"这一只虎怎么够我吃的,快去把它的儿子找来!"

驴也对着狐狸大声吼:

"这一只狼我怎么能吃得饱,去把它的儿子找来!"

小虎和小狼听了牛和驴的话,吓得抱头鼠窜。狐狸急忙让牛和驴躲到附近的树上。小虎和小狼跑了一阵,醒悟过来,返回来报仇,在牛和驴躲藏的树下气得乱撞。结果,牛和驴被撞得跌下树来,压折了老虎的肋骨和狼的大腿骨。小虎和小狼吓得狼狈地逃掉了。

螳臂挡车

有一次，齐庄公带着几十名随从进山打猎。一路上，齐庄公兴致勃勃，与随从们谈笑风生，驾车驭马，好不轻松愉快。忽然，前面不远的车道上，有一个绿色的小东西，近前一看，原来是一只绿色的小昆虫。那小昆虫正奋力高举起它的两只前臂，怒气冲冲地挺直了身子直逼马车轮子，一副要与车轮搏斗的架势。

小小一只虫子，竟然敢与庞大的车轮较量，那情景十分感人。这有趣的场面引起了齐庄公的注意，他问左右随从："这是什么虫子？"

左右随从回答说："大王，这是一只螳螂。"

齐庄公又问："这小虫子为何这般模样？"

左右随从回答说："大王，它要和我们的车子搏斗，它不想让我们过去呢。"

"噫！真有趣。为什么会这样呢？"齐庄公饶有兴趣地问左右随从。左右回答说："大王，螳螂这小虫子，只知前进，不知后退，体小心大，自不量力，又轻敌。"

听了左右随从这番话，齐庄公反而被这小小螳螂打动，他感慨地说道："小小虫儿，志气不小，它要是人的话，一定会成为最受天下尊敬的勇士啊！"说完，他吩咐车夫勒马回车，绕道而行，不要伤害螳螂。后来，齐国的将士们听说了这件事，都非常感动。从此，他们打起仗来更加奋不顾身，都愿以死来效忠齐庄公。

螳螂之勇，只能说是愚勇而已，所造成的损失往往是牺牲了性命都还不知道。然而我们从另一方面来看，螳臂挡车之勇，实可赞可叹，这种置生死于不顾、敢于抗争的勇气，也应对我们有所启发。

螳螂捕蝉

春秋时期,吴王要攻打楚国。他已下定决心,于是警告身边大臣们说:"谁要是敢劝阻我,我就处死他。"吴王的门客中有一个年轻人,想去劝阻,但又不敢直说。于是他怀里揣着弹弓,在吴王的后园里转来转去,露水沾湿了他的衣服,他也毫不在乎。他这样一连转了三个早晨。吴王看见他这样,觉得非常奇怪,于是就问他:"你早晨跑到花园里来干什么?何苦让露水把衣服沾湿成这个样子呢?"年轻的门客回答说:"您看,这个园子里有一棵树,树上有一只蝉。这只蝉高高在上,悠闲地叫着,自由自在地喝着露水,可是它却不知道有只螳螂在它身后呢;螳螂把身子藏在隐秘的地方,只想去捉蝉,但它却不知道有一只黄雀正在它的身边呢;黄雀伸长脖子想捉螳螂,却不知道在它下面有人正拿着弹弓瞄准它呢。这三个动物都力求得到它们眼前的利益,却没有考虑到它们身后隐伏着的危险啊。"吴王听后恍然大悟,马上说:"你讲得很有道理啊!"于是,他就打消了进攻楚国的念头。

螳螂捕蛇

　　一个姓张的人偶尔在河谷里走，听到山崖上有很大的响声，便找到一条路登上去偷看，只见一条碗口粗的大蛇，在树丛里摆来摆去，尾巴打着柳树，柳枝都抽打断了。看它翻转扑跌的样子，好像被什么东西控制着，可是细看，根本看不到什么，他感到非常疑惑，于是慢慢向前走近，就看到一只螳螂在大蛇的头顶上用它那镰刀状的前腿死抓住不放，蛇怎么颠扑也弄不掉它。过了好半天，蛇居然死了。看它额上的皮肉，早已裂开了。

　　这则寓言说明只要善于运用自己的长处，抓住对手的要害，锲而不舍，弱者也能战胜强者。

屠牛吐拒妻

齐国的国王准备了许多陪嫁，想把女儿嫁给一个名叫吐的杀牛人，可是吐却推说自己有病而拒绝了。朋友问他："你为什么要拒绝呢?难道你就打算杀一辈子牛，最终老死在这又脏又臭的屠宰场吗?"吐说："国王的女儿太丑了。"朋友问道："你是怎么知道的?"吐说："根据我卖牛的经验。"朋友更奇怪了，吐解释说："当我卖的肉好的时候，大家纷纷来买，只怕肉少不够卖;可肉不好的时候，我就是再添上其他东西，也卖不掉。国王给这么多陪嫁，肯定是因为女儿太丑。"后来，他的朋友看到了国王的女儿，果然很丑。

一个人只要善于积累总结生活经验，就会举一反三，对别的事情做出比较正确的判断。同时也说明，刻意掩饰某种缺陷或事物的真相，往往会弄巧成拙，事与愿违。

特　长

青蛙听到鸭子、鸡和牛在一起谈论各自的特长。便大模大样地走到它们跟前,说道:"嘿!听说你们都在谈论自己的特长,好,鸭子你说说,你有什么特长?"

"游水。"

"呀!太一般了。你呢,鸡?"

"生蛋。"

"生蛋!那也太平常了。你呢,牛?"

"犁地。"

"唉,太俗太俗。你们就不能干点儿高雅的活儿吗?"

青蛙刚说完,见来了一匹马。于是,青蛙又向马问道:"喂!马,你的特长是什么?"

"拉车。如果发生了战争,就让战士们骑着我们到战场上去杀敌。"

"呀!这也没有什么了不起的……"

马听了青蛙的话后,向青蛙问道:"青蛙博士,那你的特长又是什么呢?"

"评论,"青蛙说,"评论别人的长短。"

屠龙术

古时候，有一个公子叫朱浮漫，整日游手好闲，他的父亲很为他苦恼，便把他叫到跟前说："你应该学一技之长，将来也好立身处世。"朱浮漫说："要学就要学那种天下无双的绝技。"听说有一个叫支离益的人身怀杀龙的绝技，于是朱浮漫便不远万里地寻师学艺。他三年如一日，耗费了千金家产，跟随老师钻龙穴、赴龙潭。终于有一天，师傅对他说："'师傅引进门，修行在个人'，技术我已传教给你了，以后就要看你的了。不过，我要告诫你一句话，此技用来为民除害尚可，要用它来作为立身之本就不太实际了。"朱浮漫此时感到绝技在身，心里万分激动，哪管这许多，告别了师傅，踌躇满志地踏上归途。但没想到，回到家乡，他的技艺却无人问津，盖世绝技没有用武之地，他只有感叹自己学无所用了！

一种技术是否有价值，关键要看它能否在实际中应用，切不可好高骛远，只学一些"屠龙之术"。

太太属牛

从前有一个县官过生日，他的下属听说他是属鼠的，就凑钱用黄金铸成一只金鼠，准备送给他做寿礼。这个县官非常高兴，便对下属说："你们知道我太太的生日也是在这几天吗?她是属牛的。"

下属们为了讨好上司，做一只金鼠为其祝寿，等长官说出他太太的生肖，那下属真是有苦说不出。没别的，再凑钱呗。如果他们当初就不给他金鼠，那上司还能说出"太太属牛"的话来吗?

其实，对于贪婪成性的人就不该迁就，否则，他会变本加厉。推而广之，对于别人的缺点、错误，以及自己的不良作风，也应坚决斗争，决不能姑息了事。

县官贪得无厌，得到金鼠，还想得到金牛。下属本想巴结，却是自找苦吃，这则寓言对这些人给予了深刻的讽刺。

腾蛇与飞龙

能够飞腾的蛇，是古代传说中一种非常神奇的动物，在现实中是根本不存在的。而龙则更是由人们想像出来的奇异动物，它是华夏民族的象征，古人给予了它以最美好的描述。

相传，腾蛇能在雾里畅游，龙能够乘着云高高地飞行，但是如果没有了云和雾，那它们就都会从天上掉下来，和蚯蚓一样只能在地上爬行了。

可见，再神奇的动物它还是要借助大自然的力量，否则也会与虫鱼别无两样，即使高贵如腾蛇与飞龙，也不例外。

腾蛇和飞龙之所以能在空中飞行，都是因为有了云和雾的作用，失去了这些条件，它们就无能为力了。因此，我们不能事事依靠别人，要练就自己的本事，这样才能在这个社会自由飞翔。

田夫献曝

从前,宋国有个农夫,生活非常困难,经常穿着破衣烂衫,勉强能熬过冬季。等到春天耕作时节到来,就靠晒太阳取暖,从不知道这世界还有高楼大厦和温室暖房,更是从来不知道世上还有丝絮皮衣,他觉得晒太阳取暖就是非常好的了。

一天,他就对妻子说自己想到了一个使他们脱贫致富的好主意,妻子问他是什么好办法?他说:"晒太阳取暖是个好办法,人们都不知道,我们把它奉献给国王,他一定会重赏我们,我们就可以发大财了。"他妻子哭笑不得地说:"你想把晒太阳的方法进献给国王,也不觉得荒唐吗?世界上有比晒太阳好得多的东西呢,你真是没见过世面。"这个农夫惊讶得目瞪口呆。

生活需要我们多些知识,多点见识。如果孤陋寡闻,往往会闹出许多笑话来。

屠门大嚼

有一个年轻人在街口朝西处站着，笑个不停。路上的行人感到很奇怪，一位老人说："小伙子，大家都各行其是，你怎么倒有工夫在这儿高兴?"年轻人笑了笑说："都说长安城里很繁华，很热闹，很好玩。伫立在此，不就像置身于长安城一样快活吗?"老者语重心长地说："年轻人，还是干点儿实事吧!"年轻人在众人的笑声中走了。一会儿，他又转到一家肉店门口，颇为陶醉地大嚼大咽，似乎在有滋味地吃着什么美味佳肴。肉店老板很纳闷，便放下屠刀，走到门口问他："吃什么好吃的呢?满有味的嘛!"这小伙子眼睛盯着肉说："你不知道肉好吃吗?看着这鲜嫩的肉，口里不免有了肉的香味。"卖肉师傅说："那你就立在这儿看个饱吧!"这年轻人一直站到肉店打烊，才悻悻地回家去了。

实际生活中，不切实际的幻想并不等于现实。美好的幻想，要经过艰苦奋斗才能成为现实。

五十步笑百步

　　梁惠王说："……看看邻国的政治，没有像我那样关心百姓的。可是邻国的百姓不减少，我的百姓不增多，这是什么道理呢?"孟子回答说："大王喜欢打仗，请允许我用打仗来做比方。战鼓咚咚敲起，双方刚刚交锋，上阵的人就丢掉铠甲拖着兵器逃跑。有的逃了一百步停下来，有的逃了五十步停下来。如果逃了五十步的嘲笑逃了一百步的，那怎么样呢?"

　　梁惠王说："不可以。他们只不过没有跑到一百步罢了，这同样也是逃跑啊!"孟子说："大王如果知道这个道理，那就不要希望百姓比邻国多了。"梁惠王对自己迁移灾民和运粮救灾的"善政"很得意，然而在孟子看来，这只能说明他的做法比邻国国君好一点，因为这样做只是补救的措施，并没有从根本上使百姓富足起来。因此，魏国远没有梁惠王以为的那样好，能够吸引别国的百姓蜂拥跑来。况且梁惠王的"好战"同样给百姓带来灾难。因此，梁惠王认为自己比其他国君更好，这样的认识和梁惠王自己所否定了的五十步笑百步是很相似的。

望梅止渴

三国时期的曹操是著名的政治家、军事家和文学家。他足智多谋,非常善于带兵打仗。

有一年的夏天,曹操率领人马去出征。当时天气非常炎热,将士们连日长途跋涉,都十分疲劳,加上带的水也早已喝完,大家都口干舌燥,简直是熬不下去了。将士们都没精打采的,行军速度自然也就慢下来了。

曹操见了,心中十分着急,急忙派士兵到附近去找水。可是这附近因为干旱,池塘、河流都早已干涸了,哪里还找得到一滴水呀?那些去找水的士兵们都一个个垂头丧气地回来了。

曹操这下更着急了,心想,这样下去,队伍士气低落,什么时候才能到达目的地啊?想到这里,曹操忽然有了办法,他在马上用手往前一指,大声说:"前面不远有一片梅树林,树上长满了新鲜的梅子,那梅子可是又酸又甜,好解渴啊!"

将士们一听,都信以为真,身上顿时来了劲,口里酸溜溜的,口水也不由自主地流了出来,口渴的感觉一扫而光,行军的速度马上也快了许多。部队很快走出了这片地区,来到一个有水源的地方。

亡羊补牢

古时候，村子里住着一个牧羊人，他养了很多只羊。每天早晨，他都要数一数他的羊，然后赶着羊群去草场。

一天早晨，牧羊人照例数着羊，"咦，羊怎么少了一只呢？"他又数了一遍，还是少一只。他仔细地查看羊圈，发现羊圈破了一个洞，心想："一定是夜里狼从这个破洞钻进来把羊叼走了。"邻居知道他的羊丢了，就来劝慰他说："虽然丢了一只羊，但你知道羊圈坏了，赶紧把羊圈修一修吧，以防狼再来叼走你的羊。"牧羊人却不以为然地说："羊已经被叼走了，还修羊圈有什么用呢？我还是去放其他的羊吧！"

第二天早晨，牧羊人又要去放羊，再一数羊群，发现又少了一只羊。原来，夜里狼又从那个破洞钻进羊圈，叼走了一只羊。连续丢了两只羊，牧羊人十分后悔自己没接受邻居的劝告，他决定立刻动手修补羊圈。他先堵上那个破洞，然后全面检查羊圈，把有破损迹象的地方都修整好。

从此，牧羊人的羊再也没有丢过。

这个故事告诉我们：有了错误要及时改正，将来就不会犯同样的错误了。同时，我们也要虚心接受别人的意见，这样才有利于我们改正缺点。

瓮　帽

梁朝时,有一家人很愚笨。一天,父亲对儿子说:"我听说帽子是用来装头的,你去集市上给我买顶帽子。"儿子来到市场上,有个商人拿了一顶黑色粗绸帽子给他。因帽子折叠着没有撑开,他看了半天也不知道怎样才能盛下头,于是就想这东西大概戴不成,扭头就走。他找遍了市场上所有的商店,也没找到他想要买的帽子。

最后,他走到瓦器店门口,看到里面放着许多瓦瓮。这瓦瓮腹中是空的,正好可以放头,他便认为这是父亲要买的帽子,就买了一个回家。父亲拿着儿子买回的"帽子"往头上一戴,一下子就套到脖子上来了,头全被罩住,便认为这是真正的帽子。

这则寓言嘲讽了那些孤陋寡闻而又自以为是的人们,他们不明事理、自作聪明、一意孤行,吃尽了苦头也不思悔改,结果只能是被人耻笑。

小草的疑问

有一株小草，生长在田里，和水稻在一起。

一位老农夫走过来，看见了水稻旁边的这株小草，马上皱起眉头，把小草连根带叶地拔了起来，对跟在后面的儿子说："这种草最会同水稻争肥料，而且生长又快，只要留下一节根，也会重新长出来，所以我们叫它'荒田根草'。"说着，把小草狠狠地抛在大路上，准备把它晾干。小草很悲伤，认为这回是非死不可了。

这时，恰巧有一个园艺家走过，看见了这株小草，马上把它带回城里，种在公园里的一块很大的空地上，每天浇水、施肥。为了防止被游人踩死，园艺家还叫园林工人在小草四周围起了篱笆，插上牌子，上面写着：爱护草地，严禁践踏！

园艺家还对园林工人说："这种草生长快，不容易死，不久就是一大片。所以我们叫它'地皮草'。"

小草死里逃生，又来到了这么一个好地方，受到如此好的待遇，心里当然十分高兴。可它总有一个很大的疑问，久久不能解答。它想：在农田里，我被农民如此仇恨，差一点被晒死在路上；到城里的公园里，园艺家们如此地厚爱我、优待我，这到底是什么原因呢？

小燕子"说谎"

有一天，一只小燕子飞过沙漠上空，鸵鸟看见了，热情地邀请它停下来休息一下。小燕子高兴地接受了邀请，收起翅膀，落在一株仙人掌的旁边。

鸵鸟和小燕子攀谈起来。"您从哪里来？""北方。""那儿的天气比这里要热吧？""不，已经下雪了，到处是一片白。""那雪一定很烫脚吧？"鸵鸟用脚试了一下被太阳烤热了的沙子。"不，雪是冰凉的。"

"你年纪轻轻的，怎么就学会了说谎……"鸵鸟态度严肃，圆圆的眼睛盯着小燕子。小燕子的脸"唰"的一下红了，结结巴巴地说："我……没有说谎，雪的确是冰凉冰凉的。"

鸵鸟不相信地看了小燕子一眼，又说道："雪不是白的吗？既然是白的，一定是很烫的，比如这沙子是白的，也是烫的。"

"可……那是雪，不是沙子。"小燕子急得快要哭出来了。它想不通，雪明明是冰凉的，鸵鸟为什么一定要说它是烫的，而且还说自己说谎呢？

相濡以沫

有一年,天下大旱。庄稼都被炙热的太阳烤干了,颗粒无收。江河湖海也都干了大半,那些小小的池塘,几乎连一滴水都没有了。

有一个很小的池塘,里面生活着一小群鱼,平日里,它们在清澈的池水里游玩嬉戏,什么烦恼都没有。可是,突然间,灾难降临了,池塘的水干涸了。这一小群鱼被搁浅在池底的淤泥里,奄奄一息。最后池底的土地都被晒得干裂了,小鱼几乎全都放弃了生存的希望,觉得自己一定会因干渴而死!但有一条鱼却用微弱而有力的声音说:"天一定会下雨的,只要我们再多坚持一下。我们吐口水来沾湿对方,就一定会坚持到下雨的!"

于是,这一小群鱼就互相张口出气,吐口水来沾湿对方,以求能继续生存下去。

真的下雨了!很快,小池塘的水就又满了,这一群鱼又开始欢畅地游动了!

寓言说明,在艰难的条件下,人们应该彼此鼓励、互相照顾。

西家之子

从前，在一个小国的都城，东边有一户人家的母亲死了，一家人都陷入痛苦之中。灵堂中，来来往往着前来哀悼的亲朋好友，儿子们立在两旁守灵。守灵的儿子虽然哭哭啼啼的，但看上去并不是很哀伤。

西边有家人的儿子看见了，心想，这家的儿子可真没有孝心，怎么能这样呢，那可是生他养他的母亲啊，怎能不表现出极度的悲伤呢?若是我母亲死了，我定会号啕大哭的。这个儿子的想法倒很有孝心，也还正确。可是，他居然回到家里对他母亲说:"你为什么这样怜惜自己的生命，不快些去死呢?你看东家的母亲去世了，儿子哭得一点儿也不悲伤，哪像个做儿子的，你死后，我一定非常悲伤地为你哭泣。"母亲听后哭笑不得。

为了表现自己的"孝心"，竟然责备自己的母亲不快些死去，这是多么冷酷而虚伪的行为啊!

校人欺子产

　　有人给子产送来几条活鱼，看着鱼那种摆尾挣扎的样子，子产不忍心杀了它们吃掉，就叫来管水池的小官，让他把鱼放到水池里去。这位小官捧着鱼走出去，越看口越馋，实在不甘心把它们放掉。他看着四周无人，就悄悄地把鱼拿回住处煎着吃掉了。等吃完了鱼，这位小官美滋滋地前来向子产报告："大人，我刚把鱼放到水里的时候，它们都显得很疲倦，动作迟钝缓慢；过了一会儿，它们都摇头摆尾，显得很轻松舒服；再过一会儿，它们都一甩尾巴钻到水里去了。"子产高兴地说："好啊，它们去了该去的地方了！"

　　再聪明的人也可能被人欺骗，要想不受欺骗，就要对事情做实际调查，而不能只听别人的汇报。

喜鹊与八哥

女儿山的南面住着一群喜鹊。有一天,山中来了一只老虎,喜鹊们赶快飞到一起,大声鸣叫了起来。山上的八哥听到了,也集合在一起大声地叫了起来。

鹩鹠见到后问喜鹊说:"老虎是地上跑的动物,它能把你们怎么样,何必这样大声地鸣叫呢?"喜鹊说:"老虎一叫就会刮起一阵狂风,我们怕它把我们的窝给吹翻了,因此大声喊叫,想把老虎吓走。"

鹩鹠转过身来问八哥:"那么,你们又是为了什么而大声鸣叫呢?"

八哥竟然无言以对。鹩鹠不由得笑了,说:"喜鹊的窝做在大树的顶梢上,害怕大风吹毁窝,才惧怕老虎的到来。而你们住在山洞里,又何必跟着乱叫呢?"

八哥的鸣叫,纯属毫无意义的多嘴多舌。那些不动脑筋、人云亦云的人,跟八哥没有什么两样。

犀牛和犀牛鸟

一群小黑鸟飞到犀牛的跟前，很有礼貌地问道："我们跟你交朋友好吗，犀牛？"

犀牛轻蔑地看了看小黑鸟们，鼻子哼了一下，然后半闭着眼睛说："你们都瞎了眼啦，小不点的东西也配跟一个庞然大物交朋友吗？！"

"别看我们都是小鸟儿，说不定对你会有很大的帮助哩！"

小黑鸟们唧唧喳喳地嚷着。犀牛听得不耐烦了，暴跳了起来："老子身上披着铁甲一样的厚皮，额上长着巨凿一样的尖角，三四匹大狮子也敌不过我，就是大象见了我也要远远地避开哩！什么猛兽我也不放在眼里，你们这些小东西能帮我做什么？滚，全都滚蛋！"

这时，不知打哪儿涌来了一群飞虫，突然向犀牛袭来。犀牛的皮虽然像铁一样又厚又韧，但皱壁很多，那里又嫩又薄，虫儿们争着在这些地方吸血，咬得这"混世魔王"满地翻滚，哭爹喊娘。

"这么大的个子还打滚哭鼻子哩，不怕小动物们笑话吗？乖乖地起来，让我们把虫子捉去吧！"小黑鸟们忍住了笑，一齐飞到犀牛身上，将皱褶里的虫子啄食干净。

犀牛的痛苦解除了，于是它把小黑鸟们当做亲密的朋友，请它们停栖在自己的背上。

犀牛的嗅觉和听觉都很灵，可就是个近视眼，猎人们常常逆着风来偷袭它，它一点儿也察觉不出来。自从它的朋友们停栖在背上，它再也不用提心吊胆地过日子了，一旦发现敌害，小黑鸟们就上下翻飞，给犀牛报警。犀牛非常感激小黑鸟，跟它们建立了"共生"关系，彼此亲密得像同胞兄弟一样，因此，人们将小黑鸟称做"犀牛鸟"。

薛谭学歌

　　从前，有个叫薛谭的人，听说秦青是位唱歌的高手，便决定去拜师学艺。薛谭说明了自己的来意，诚恳地希望秦青能收自己为徒。秦青见薛谭决心很大，便答应了他的要求，收他做了自己的学生。

　　薛谭学得很认真，但是过了一段时间之后，薛谭便觉得没什么再学的必要了，他以为老师的技艺自己已经全学到手了。于是有一天，他来到老师面前，请求离开这里。秦青也没有挽留他，只是说明日要为他钱行。

　　第二天一早，秦青在大道边的凉亭里摆酒为薛谭送行。酒过三巡之后，秦青引吭高歌，唱起了送别曲。这一曲时而高亢激昂，直入云霄，时而婉转动听，整个世界的万物都被笼罩在这歌声里。

　　薛谭听后，赞叹不已，他想到自己以为全部将老师的技艺学到了手，心里很是惭愧。

　　于是，他向秦青谢罪说："薛谭浅薄，自以为是，希望老师原谅，请老师允许我继续跟您学习吧！"秦青知道薛谭已心有悔悟，便原谅了他，答应让他留下来继续学习。

　　从此以后，薛谭安下心来，努力学习，再也不敢轻易说回去的事了。最后，他终于把唱歌的技艺学到了手。

　　骄傲自满是学习上的大敌。学习不可以满足于一知半解，不求甚解是不会学到真本事的，更谈不上学有所成、功成名就了。

延颈受死

从前，在沈阳居住着一位先生。一次，他在山顶上设宴请客。他往山下一看，见一只老虎嘴里衔着一件东西走到山下，用爪子在地上挖了一个坑，把那东西掩埋起来就走了。

这位先生很好奇，让人下去看看老虎埋下的是什么东西。刨开坑一看，原来是一只死鹿。于是就把鹿抬走了，然后把坑仍旧填起来。

过了一会儿，老虎引着一头毛长好几寸的黑色野兽走来。那只老虎毕恭毕敬地走在前面，好像邀请一位尊贵的客人。他们走到坑前，黑兽瞪着眼睛，蹲在旁边等候。老虎刨开坑，一看自己埋的鹿不见了，吓得浑身发抖，趴在地上不敢动弹。黑兽没有得到食物，恼恨老虎欺骗自己，伸出爪子去抓老虎的额头，拍了几下就把老虎击死了，然后扬长而去。

那先生说："这只黑兽不知叫什么名字，但通过察看，它的形体一点儿也不比老虎大，而老虎为什么伸长脖子等死，害怕到如此地步呢！"

对于凶恶的压迫者有两种态度：一种是俯首帖耳，延颈受死；一种是敢于反抗，敢于斗争。寓言启示人们，与其等死，还不如斗争，只有斗争，才能有出路。

燕雀相乐

一群燕雀互相追逐，亲昵地聚集在一座房子下面。母鸟哺育着小鸟，公鸟逗着小鸟取乐，一家子过着快乐的日子。它们自以为这样就平安无事了。

有一天，附近的一座房屋忽然着了火。幸亏居住在那家屋檐下的燕雀一家及时发现逃走了，否则，全都得葬身火海。按说，这件事应当引起这一家燕雀的高度重视。可它们的爸爸说："那间房子失火，不一定咱们住的这间房子也着火呀。"它们的妈妈也说："就是，哪那么容易说着火就着火啊!"于是，一家人照样玩得什么都顾不上了。

糟糕的是，几个月后，它们住的这间房子也着了火，火苗向上蹿时烧着了屋梁。更糟糕的是，这家燕雀全然不知，仍旧快乐地玩着，于是都被烧死了。

只图眼前安逸，而不知居安思危的人，灾祸就离他不远了。

万 字

汝州有一个土财主,家产很多,但是几辈子都不识字。

有一年,土财主请了一位楚地的先生教他的儿子读书识字。这位先生开始教他儿子握笔描红识字。写一画,教他说:"这是一字";写两画,教他说:"这是二字";写三画,教他说:"这是三字"。那孩子便欣然自得地扔下笔跑回家里,告诉他父亲说:"孩儿全会了!孩儿全会了!可以不必再麻烦先生,多花学费了。快把他辞了吧。"

他父亲一听很高兴,就照他说的办了,并准备好了钱打发走了这位先生。过了些时候,父亲打算请位姓万的亲友来喝酒,让儿子早晨起来写请帖。过了好长时间也不见写完,便去催促。这孩子忿忿地说:"天下的姓那么多,干吗这个偏偏姓万!害得我从早晨写到现在,才写完五百画。"

学无止境,学习是一项艰苦的劳动。浅尝辄止,盲目自满,是学不到真本领的,而且往往会做出愚蠢、荒唐的事。

外科医生

有个医生，自称精通外科。一员副将从战场回来，中了箭，箭头深入到皮肉里面，请这位医生来治。医生拿出一把并州产的锋利的剪刀，剪去露在外面的箭杆，就跪在地上请求谢赏。副将说："箭头留在皮肉里面的，需要赶快治疗。"医生却说："这是内科医生的事，没想到也要我来治！"

寓言讽刺了那些各立门户，表面上讲职责分工，实则推诿搪塞，不负责任的人。

亡 羊

古时候，有两个以做事不专心而出名的人，一个叫臧，一个叫谷。两个人做事都非常不认真，能搪塞的就搪塞，能应付的就应付。

因此，大家对他们都避而远之，谁也不敢叫他们干什么。

一次，臧和谷二人一起去放羊，他们两人把羊赶到山上，找了片有水、有草的坡地，便让羊自由自在地奔跑吃草。最后，两个人全都把羊丢了。

主人就问了："臧在干什么？"

谷回答说："他找了个阳光充足的地方，边晒太阳，边手执竹简在读书。"

问谷在干什么，臧回答说："他看羊群好好地在坡上吃草，就找人一起掷骰子玩去了。"

主人气得大发雷霆，但也还是无济于事，只好把他们都辞退了。

这两个人所做的事不同，却同样都丢失了羊。

这个故事说明，做任何事情都要专心，尽职尽责干好分内的工作；一心二用、三心二意只会带来不应有的恶果。

为虎作伥

很久以前,在山脚下有一个小村庄,村庄里住着一个不讨人喜欢的樵夫。这个樵夫天生胆小怕事,而且很自私,所以大家都不愿意和他在一起。

有一天午后,樵夫又一个人到山林里去砍柴。砍着砍着,不知不觉天色已晚。

这时,忽然刮过一阵风,树叶被吹得沙沙作响,随着一声地动山摇的咆哮,一只老虎从前面不远的灌木丛后蹿到他面前。樵夫本来就胆小,这会儿差点吓晕过去。他一看大事不好,手忙脚乱地丢下斧子,跪地求饶。

老虎正饿得肚子咕咕直叫,不管三七二十一,"嗖"的一下猛扑过去,把樵夫咬死了。吃完了,老虎觉得还没吃饱,就用爪子死死地抓住樵夫的鬼魂不放,非让他帮忙再找人来填饱自己的肚子不可,不然就不放他的鬼魂离开。没想到,樵夫自私,他的鬼魂更自私,居然同意了。

于是,樵夫的鬼魂就给老虎当向导,帮助老虎找人吃。樵夫的鬼魂一旦看见了人,就立刻报告老虎,老虎便猛扑上去,一下子把人按倒在地。那鬼魂找到了替身,为了使自己早点脱离老虎,就进一步讨好它,在发现人后,急忙跑上前去,把那个人的衣服脱光,好让老虎吃起来更加方便。

这个鬼魂十分卑鄙,专门帮助老虎干那吃人的勾当,人们都气愤地叫它"伥鬼"。

魏王谋郑

战国时期，群雄纷争，各国都想吞并别国，争当霸主。因此互不相让，战火连天。

魏国想吞并郑国，但由于目前实力相当，无法强攻下来，便想了一个妙计。魏王就对郑王说："起初，郑、魏是一个国家，后来才分开的，我观在想得到郑国的土地，让郑国合并到魏国中来。"

郑国的国王很害怕，该怎么办呢？论实力，魏国与郑国目前很难分出高下，硬拼恐怕也不行，但也不能拱手把国家让给人家吧！

于是郑王召集大臣商量对策，郑王的儿子说："这事好办，您可以对魏王说：'假如郑魏本是一个国家，需要合并的话，那么郑国也想得到魏国的土地，不如把魏国合并到郑国来吧！'"

从此，魏王便不再提这件事了。

用他的办法堵住他的嘴巴，这正是"以其人之道，还治其人之身"的方法。

魏人钻火

　　一天黑夜,有个人突然得了急病,便让他手下的人钻木取火。因为夜很黑,那人一时找不到钻火工具,而主人又催得非常急。

　　于是手下人非常生气,说:"你责怪我也太没有道理了!今天晚上这么黑暗,你为什么不拿火来给我照亮?那样我才容易找到钻火工具,然后才好给你钻木取火嘛!"

　　手下人的话让人忍不住要笑。正是因为黑才让他钻木取火,而他却要让别人用火照着让他找钻火工具。如果有火,又何必要让他钻木取火呢?

　　这则寓言有相反的两层寓意,一方面,钻火者反让求火者用火照着他去找钻火器具,讽刺了那些本末倒置的人;另一方面,机智的仆人以其人之道还治其人之身,巧妙地斥责了蛮横无理的主人。

晏子的车夫

晏子是春秋时期很有名的齐国宰相。

有一天,他坐车恰好路过他的车夫的家门口,车夫的妻子一眼看见自己的丈夫昂首挺胸地坐在车子的华盖下面,耀武扬威地挥舞着鞭子,一副神气活现、得意洋洋的嘴脸,她的心里很不是滋味。

车夫回到家里,他的妻子说要跟他离婚。车夫很纳闷:我身为名相的车夫,随着宰相出入朝廷,驰骋六国,她为何要离我而去呢? 连忙问妻子原因。

妻子说:"你看晏子,身高虽不满六尺,身为齐国的名相,在各诸侯国中德高望重。但他态度多么谦逊,思想多么深沉。可你堂堂八尺男儿,不过是个赶车的罢了,却踌躇满志、洋洋自得,像你这样骄傲自大,将来会有什么出息呢?"这个车夫听了妻子的话,觉得很惭愧。

"满招损,谦受益"这话大家都很熟悉,但付诸行动就不容易了。

杨布打狗

战国时期,著名的哲学家杨朱有一个弟弟叫杨布。一天,他穿着白色的衣服出门,回来的途中,遇到了大雨,淋湿了衣服,他便脱下白衣服,穿上了一件黑色的衣服。

回到家里,他家的看门狗认不出他了,见他进门便冲着他汪汪地叫了起来。杨布十分生气,要动手打这只狗。

哥哥杨朱制止了他,杨朱说:"你不要打狗呀,假如你碰到这种情况,也会这样做的。倘若你的狗出去时是一只白色,回来时却变成了一只黑的,你难道不同样感觉到奇怪吗?"

寓言说明,如果对事物不进行深入细致的观察和分析,只注意表面现象,往往会把事情弄错的。

一叶障目

从前楚国地方有个书生,家境十分贫困,他和他的妻子,成年过着穷苦的生活。

一次书生偶然从书上读到:"如果得到螳螂捕蝉时用来遮身的那片树叶,就可以把自己的形体隐蔽起来,不让别人看见。"

于是书生整天在树下抬头望着。当他发现有一只螳螂正悄悄地躲在一片叶子的后面,等候着机会去捕捉知了的时候,便连忙把那片叶子摘了下来。

不料叶子落到树下之后,跟地上原有的落叶混在一起,再也辨认不出来,他便扫了几斗落叶,搬到家里。

书生拿起一片又一片的树叶,遮住自己的眼睛("——以叶自障"),一遍又一遍地问他的妻子道:"你看得见我吗?"起初他的妻子总是答道:"看得见。"

这样一天问下来,他的妻子被纠缠得厌烦极了,最后便随口哄骗了他一声:"看不见。"

书生听了大喜,立刻带着这片叶子奔到街上去,当面偷取人家的东西。

他当场被人抓住,用绳子捆绑起来,送到县衙里去。

县官接受失主的控诉,对书生进行审问。书生把事情的经过原原本本地说了一遍。

县官听了大笑,立时释放书生回家,也不曾给他任何惩罚。

疑邻偷斧

从前，在乡下有一个人，他在自家的地窖中储存种子的时候，将一把斧头忘了从地窖中带出来。几天以后，他在又要用斧头时，才发现自家的斧头已经丢失了。放在自家的斧头哪去了呢？他在自己家的门后面、桌子下面、堆柴草的房里到处找遍了，还是没有找到，他就怀疑是他邻居家的人偷去了。到底是不是邻居家的人偷了呢？没有证据不能乱讲。于是他仔细地观察邻居家人，总觉得是邻居家人偷了斧头，看邻居家人那走路的样子，也像是偷了斧头的；不仅如此，甚至连邻居家人的神态、动作、表情也像，乃至说话时的声调，都像是偷了斧头一样。总之，越看越像，几乎可以肯定，就是那家邻居偷了自己家的斧头！

又过了几天，这个人又要到地窖去储存物品了。当他挖开地窖门，下到地窖里的时候，发现自家那把不见好多天的斧头正躺在地窖里的地面上。

到了第二天，这个人再去看邻居家人的时候，发现邻居家人的一举一动，一言一行，就连笑的神态，一点儿也不像是偷斧头的样子了。

遇到问题要调查研究再作出判断，绝对不能毫无根据的瞎猜疑。疑神疑鬼地瞎猜疑，往往会产生错觉。判断一个人也是如此，切忌以自己主观想象作为衡量别人的标准，主观意识太强，经常会造成识人的错误与偏差。

叶公好龙

从前楚国有个叫叶子高的人,人们都叫他叶公,他非常喜欢龙。他的武器上画着龙,工具上刻着龙,屋子内外墙上画着龙,柱子上雕着龙,到处都是龙的图案。天上的真龙听说叶公这样喜爱龙,决定到他家去拜访一下。

一天,真龙来到叶公的家里,它把龙头伸进窗子探望,把尾巴拖在厅堂上。叶公看见真龙来了,怕得要死,转身就跑,吓得失魂落魄,神色惊慌。这说明叶公不是真正喜爱龙,他只是喜欢外表像龙而实际上并不是龙的东西罢了。

寓言讽刺了一种人:他们口头上表示支持、拥护、爱好某种事物,但当真正见到了这种事物时,他们反而怕得不行。

与狐谋皮

春秋时，鲁国国君很想让孔丘担任司寇这个重要官职，主持鲁国的朝政。

有一天，鲁君把这个想法告诉了左丘明，并说自己还想与其他大夫商议商议。

左丘明说："孔丘是闻名天下的圣人。如果让他担任官职，其他的人就会自感不如而离开官位，您与他们商议还能有什么结果呢？我听说周朝时有一个人，爱吃精美的食物，还爱穿名贵的皮衣。他很想要一件价值千金的狐皮袍子，就很天真地跑去对狐狸说：'请把你们的毛皮送我几张吧！'狐狸一听，逃得无影无踪。这人又想办一桌羊肉宴席，他找到羊说：'请你帮一下忙，割十斤羊肉给我吧！'羊们吓得躲到树林里藏起来，再也不敢露面了。这人十年也没缝制成一件狐皮袍子，五年也没办成一桌羊肉席，原因就在于他找错了商议对象！您现在要与那些人商议孔丘担任司寇的事，岂不是与狐谋皮，与羊要肉吗？"

于是，鲁君听从了左丘明的劝告，没有与大夫们商议孔丘任司寇之事，孔丘很顺利地当上了司寇。

跟所谋求的对象有利害冲突，决不能成功。多指跟恶人商量，要他牺牲自己的利益，一定办不到。

老马识途

公元前 663 年，齐桓公发兵讨伐孤竹国，随军出发的有一个名叫管仲的大臣，知识渊博，足智多谋。

战争从春季开始，凯旋时已是冬天，山川草木变了样子，齐军不熟悉孤竹地理，途中迷失了道路。

到夜间，天黑雾浓，阴风惨惨。点火把照明，风一吹就熄；行路更分不清南北东西。

管仲下令击鼓敲锣，将齐军汇集拢来，先扎营住下再说。

天亮了，齐桓公发觉，原来齐军已走入一个地势险要的山谷，赶忙派出几支人马，分头寻找出路。

可是山高谷深，到处陡壁悬崖，派出的人马左盘右旋，怎么也摸不出去。

齐桓公急得不知怎么办才好。管仲说："老马之智可用也。"于是吩咐将几匹老马的辔疆解开，放它们自由行走。

齐军跟在老马后面，走着走着，居然弯弯曲曲出了谷口。

越人造车

越国没有车，越国人也不懂得如何造车。他们很想学造车的技术，好将车用在战场上，增强本国的军事力量。

有一次，一个越人到晋国去游玩。他在郊外看到一辆破旧的车，车的辐条、轮子、车辕都已经坏了，基本上没有一处是完好的。这个越国人曾经在晋国见过车，但看得不太真切，所以，尽管这辆车已经破烂不堪，但仍然可以确定这是一辆车。他一心想为家乡立功，就想办法把破车运了回去。

回到家，这个越人便到处夸耀这辆车。到他家去看车的人络绎不绝。人们纷纷议论道："原来车就是这个样子啊！是不是破损了呢？怕不能用吧？""你见过真正的车吗？没见过就不要瞎说。"就这样，越国人都纷纷模仿这个车的形状造起车来。

后来，晋国人和楚国人见到越人造的车，都笑得直不起腰来，"越国人竟然将车都造成破车，哪里能用呢？"可是越人根本不理会他人的讥讽，造出了一辆辆的破车。

终于有一天，战争爆发了，敌人压境。越国人驾着破战车向敌军冲去，被打得落花流水，结果战争失败了。

寓言说明，向别人学习当然是对的，但是应该有所选择，要学习好的、先进的东西，抛掉不好的、落后的东西。

掩耳盗钟

晋国贵族范氏战败逃亡的时候，有人趁机偷了一口钟。这人想背上逃跑，但是钟很大背不动；于是想用锤子把钟砸碎盗走，刚一砸，钟"咣咣"地响声很大。他恐怕别人听到声音把钟夺走，就急忙捂住了自己的耳朵。

怕别人听见声音，这是可以理解的；但捂住自己的耳朵就以为别人也听不到声音了，这真是太糊涂了。

（"掩耳盗钟"后来演化成"掩耳盗铃"。）

砸钟后捂住自己的耳朵，只是自己欺骗自己，却丝毫也骗不了别人。这则寓言讽刺了那些自欺欺人的蠢人。

有好鸥鸟者

从前,海边有一个人,非常喜欢海鸥。每天早上他都划船到海上欣赏海鸥。慢慢地,这些海鸥就跟他熟了,每当他划船来到海上,这些鸥群就簇拥在他的身边,上下翻飞,与他嬉戏玩闹,有的甚至还落在他的肩上,每次落到他船上的,有上百只。

他的父亲知道后,对他说:"我听说海鸥跟你很有感情,甚至跟你游戏,抓几只来给我玩玩吧!"

第二天,他跟往常一样,依然划船来到海上,鸥群却始终团团盘旋在天空,再不肯落下来了。

私心一动,海鸥便舞而不下。可见,只要心里有鬼,无论怎样掩饰,总会露出马脚来的。

永某氏之鼠

永州有个人,特别迷信,害怕日子不吉利,禁忌非常多。他以为自己出生那年是子年,而老鼠是子年的神,因此喜爱老鼠,家里不养猫,也不让家僮打老鼠。家里的粮仓厨房,都任凭老鼠横行,也不加过问。

因此,老鼠就互相转告,都跑到这人家里来,吃得饱饱的也没有任何灾祸。他家里没有一件完整的器具,衣架上没有一件完好的衣裳,吃的喝的大都是老鼠吃剩的。白天老鼠常常和人一起行走,夜间就偷吃东西,打闹争斗;叫闹声千奇百怪,无所不有,简直没法睡觉。但他始终不觉得讨厌。

过了几年,这个人搬到别的地方去了,另一家人搬进来住,老鼠闹得还是那样凶。新来的那人说道:"这些见不得阳光的坏东西,偷盗打闹得如此厉害了,怎么会闹到这种地步呢!"于是借了五六只猫,关上门,撤去屋顶上的瓦,用水灌老鼠洞,又雇人千方百计地搜捕。结果杀死的老鼠堆积如山,老鼠的尸体被扔到偏僻的地方,臭味过了几个月才散尽。

对坏人姑息纵容,坏人就更加猖狂;作恶的人,即使一时可以找到"保护伞",这种庇护也是不可能长久的,最终还是没有好下场。

愚公移山

太行和王屋这两座大山,方圆七百里,高达万丈。它们本来位于冀州的南面,河阳的北面。

在北山里有一个名叫愚公的老汉,年纪快90岁了。他的家正面对着两座大山。他苦于大山阻隔交通,出进总要绕很大的圈子,因此,他召集全家人一起商量说:"我和你们一道使用毕生的精力来搬掉门前这两座大山,打通一条通到豫州南部的大道,直达汉水南面,你们说可以吗?"大家异口同声地表示赞成。

惟有他的老伴提出疑问,说:"凭你这点力量,就连魁父那样小的山也挖不掉一点,又怎能对付太行、王屋这样两座大山呢?再说,挖出来的那些泥土石块,又把它们往哪里放呢?"

大家异口同声地说:"把这些泥土石块扔到渤海的尽头和隐土的北边去。"

于是愚公就率领子孙三人挑着担子,开始凿石头,挖土块,用簸箕把石土运到渤海的尽头去。他们的邻居京城氏的寡妇有一个儿子,刚换奶牙,也蹦蹦跳跳地跑去帮忙。从冬天到夏天,他们才往返一次。

黄河边上有一个名叫智叟的人看到愚公率领子孙挖山,便鄙夷地笑着劝阻愚公说:"你怎么傻到这个地步呢?像你这样年老力衰的人,就是连山上的一根茅草恐怕都很难拔掉,又怎么搬得了这么多的石块、泥土呢?!"

北山的愚公长叹了一口气说:"我看你的心太死了,简直是一窍不通,还不如那寡妇和她不懂事理的小儿子哩!要知道,就是我死了,可是我的儿子还活着,儿子又生孙子,孙子又生儿子,儿子又有儿子,儿子又有孙子,这样,子子孙孙,是没有穷尽的呀!而山却不会再增高了,怎么怕挖不平呢?!"河曲的那个智叟听了无言答对。

山神听到了,害怕愚公没完没了地干下去,便去报告上帝。上帝被愚公的这种虔诚和毅力所感动,于是就命令大力神夸娥氏的两个儿子把这两座山背走,一座放在朔州的东部,一座放在雍州的南部。从此以后,冀州和汉水以南,再也没有突起的高山阻塞了。

愚公以他无限延续下去的子孙的力量,要挖掉太行、王屋这两座大山,是没有挖不平的道理的。这反映了古人有坚忍不拔的毅力,顽强改造自然的精神。对于利国利民的事,我们就要像愚公那样,充满必胜的信心,不畏难,不动摇,坚持不懈地干下去,这就是寓言给我们的启示。

引婴投江

　　虚无江边有一个热闹的集市，那里每天人来人往交易货物。一天，突然从江边传来了几声婴儿的啼哭声，人们的注意力全被哭声吸引过去了。循声望去，看见江边有一个渔夫打扮的人，手中抱着一个婴儿，正要把婴儿扔入江中。

　　人们被这情景惊呆了，正在这千钧一发之际，一个过江人从人群中跑出来大喊一声："慢着！你为什么要把他扔入江中呢？那样不就被淹死了吗？"那人看见有人阻拦自己的行为，便十分气恼地说："这孩子的父亲是一个游泳能手，他的孩子自然会游泳，你们不要多管闲事了！"人们听后惊愕地张大了嘴，纷纷指责这个人的行为。抱婴儿的人看到自己引起众怒，赶忙抱着婴儿逃走了。

　　干什么事情都不要想当然，要根据实际情况灵活处理问题，才不会做出幼稚荒唐的事情。

欲不欲

战国时期，宋国有一个农民无意间获得了一块璞玉，这是一块稀世珍宝，农民认为是非常高贵的礼品，便拿去献给子罕，可子罕拒不接受。

这个农民说："这是一件宝物呀，应该用来做大人物的器具，小民是不能享用这样贵重的用具的。"这个农民很是不能理解子罕的行为，疑惑地望着子罕。

子罕说："你把玉当做珍宝，我却把不接受你的玉石当珍宝。"

这就是说，农民爱好玉，而子罕不爱好玉。有人爱好财，有人爱好不爱财的品行。

不贪图物质享受，而追求高风亮节的道德情操的人才是人间最难得的宝物。玉是宝贵的，但不贪图宝玉的人是更可贵的。

朝三暮四

从前，宋国有一个人，家里养了一大群猴。因为他太喜欢猴子，人们便称他狙公(狙，就是猴子)。他与猴子待在一起的时间长了，他就能猜得到猴子的心意，猴子也能听懂他说的话。

狙公为了养活那群猴，缩衣减食，但因为猴子太多，渐渐地粮食不够吃了，他不得不想法限制猴子的食粮。

一天，狙公把猴子召集在一起，对它们宣布："从今天起，按定量给你们分配山栗(即橡实)。每天早晨三个晚上四个，你们同意吗?"

猴子听了，认为分的山栗太少，颇为不满，纷纷起来向狙公"吱吱"大叫，表示抗议。狙公很聪明，熟悉猴子脾气，知道如何对付它们。等猴子们吵闹一阵后，他又不慌不忙地说："既然你们不满意，那么就增加一点，改为每天早上四个，晚上三个，这样总可以了吧?"

猴子再机灵，也不过是畜生，不会算计。听说早上由三个山栗改为四个，便以为口粮有所增加。于是坐了下来，不再吵闹。

看问题不要被事物的表面现象或不同形式所迷惑，要看清事物的本质。

自相矛盾

古时候，战士打仗常常用一种叫矛和一种叫盾的武器。矛的一头是锋利的尖，可刺杀敌人。盾呈圆盘状，十分坚硬，可用来遮挡身体，防止被敌人的矛刺中。

一天，一个人到集市上去卖矛和盾。为了让大家都来买，他举直矛，在路边高声喊："快来瞧，快来看呀，我的矛是世上最锋利的矛，无论多么坚硬的盾，都不能挡住它，一刺就穿透！"

他说完就放下矛，接着举起他的盾，大声夸道："快来看看世上最坚硬的盾吧！无论多么锋利的矛，也刺不穿它。"

周围的人看他这么能吹牛，都觉得很可笑。其中有一个人走上前去问："你说你的矛是天底下最锋利的矛，无坚不摧，再坚硬的盾都能刺穿，是吗？"卖矛的人得意地点点头。那人接着说："你又说你的盾是天底下最坚固的盾，再锋利的矛也不能把它刺穿。那么，我们想知道，用你的矛刺你的盾，结果会怎么样呢？"

吹牛的卖主被问得哑口无言，窘得不知如何是好，只好收拾起他的矛和盾，灰溜溜地走了。

著文戒虎

古时候,有位先生姓杨,名叔贤。他恃才自傲,从不把任何人放在眼里。

有一年,他去荆州做官。到了荆州,什么事情都没有做呢,就天天有人来报告老虎伤人的事,他很气恼。

这天,又有人来报:

"山上有一虎穴,卧有雌雄两只老虎,常常出来伤人,人们吓得已经不敢进山砍柴了。请求官府派人去捉,否则后患无穷。"

杨叔贤听说此事,拍案喝道:

"地方上出了一些动物也要老爷亲自过问,真是些没用的东西!"

杨叔贤说着,拿出纸笔,奋笔疾书,写下一篇《虎戒文》。写完之后,交给差人,差人不解,杨便骂道:

"真是些没用的东西!且看我写的这篇文章就可以把老虎轰走。"

文章对老虎出没乡里、不守规矩、且屡屡伤人的行径进行了猛烈的抨击,并且斥责老虎:从此以后,不准这样不仁不义,要爱护百姓,否则,将会受到惩罚。

这是一篇声讨老虎的檄文,他命手下的人将文章张贴于老虎出没的山上。

过了几天,果然没有再听说谁受到老虎的伤害,杨老爷洋洋得意,对周围的人说:

"怎么样?还是我的文章有神效吧,如此犀利的文笔,谅它老虎也不敢不思量。"

其实,偏巧那些日子老虎到别的地方猎食去了。

后来,杨老爷又被调任到郁林地区做官,这里倒是没有老虎,但这里的百姓可不像荆州那儿的百姓那么老实。他们常常给杨老爷出难题,弄得杨老爷整日烦躁不安。

无计可施的杨老爷又想起当年在荆州一篇文章就镇住了老虎的事来,可是,一时又写不出有分量的告民众书。忽然想到,何不把那篇《虎戒文》抄来镇一镇这里的百姓,便派人去荆州抄写《虎戒文》。

几日之后,派去的人仍不见回来。于是又派另外一人去打听,回来报告:抄文之人不幸落入虎口。

曾子杀猪

　　曾子的妻子要到集市去,她的孩子跟在后面哭哭啼啼。她就对孩子说:"你回去,等我回来给你杀猪吃。"妻子刚从集市回来,曾子就要去抓猪准备杀掉它,妻子制止他说:"我只不过是和小孩子说着玩罢了。"曾子说:"小孩子是不能随便开玩笑的。他们没有分辨能力,都是靠着父母来学习各种事情的。他们听父母的指教,现在你欺骗他,这是教孩子学骗人呀!做母亲的欺骗孩子,孩子也就不会相信他的母亲。这不是教育孩子的办法呀。"于是曾子杀了那头猪,煮了肉给孩子吃。

　　父母的一言一行、一举一动,都会对孩子产生极大的影响,孩子可能会跟着学。所以,家长的以身作则是教育好子女的保证,要随时随地把身教与言教结合起来,而且身教比言教更为重要。

凿七窍

远古时期，上天派了三位神灵管理世界。管理南海的大帝叫倏，管理北海的大帝叫忽，中央也有一位独特的、神力无比的神叫混沌。倏和忽经常到混沌管辖的地方相会，混沌每次都热情地接待他们。他们长期相处得很和睦，惟有一点，使倏和忽感到缺憾。倏对忽说："你看别人都有七窍，可以看到美丽的景色，听到悦耳的声音，吃到精美的食品，呼吸新鲜的空气，而混沌却没有，他对我们不薄，我们想办法给他开凿出来吧！"于是，他们抓住了混沌一睡就是七天七夜，即使雨打风吹也不为所动的生活习性，趁机给他开了七窍。倏和忽很高兴，他们想，等混沌醒来以后一定会感激他们的。但没有想到，这位巨神却从此再没有醒来。

寓言告诫我们，如果不尊重事物的本来面貌，而去强行改变它，不但达不到预期的效果，甚至会适得其反。

郑人买履

占时候，郑国有个做买卖的人，因为每天跑来跑去，把脚上穿的鞋磨坏了。平时，他穿破了鞋，都由妻子为他做新的。可是这几天妻子生病躺在床上，没法为他做新鞋了，他想了想，决定到市场上去买一双鞋来穿。他的家离县城很远，这天他起了个早，为了能买到合适的鞋，他先用尺子把自己脚的尺寸大小仔仔细细地量了一遍又一遍，记下了号码，然后找来一根稻草，照着脚的尺寸号码截下一段，以便按稻草的长度买鞋。他翻山越岭地走了许多路，直到中午时分才到了县城。他沿着大街寻找，终于找到了一家卖鞋的商店。老板热情地招呼他，只见柜台上放着各种式样和尺码的鞋，他赶忙从衣兜里掏那一截稻草，可是掏了半天也掏不出来。仔细一想：糟糕！刚才急于要赶路，竟把那截稻草忘记在家里了！他回头对老板说："对不起，我忘记把鞋的尺寸带来了，不晓得多大多小，我现在就回家拿尺码去！"说完，拔腿就跑。他气喘吁吁地回到家里，找到了那截稻草，又重新翻山越岭赶到县城。这么一来一去，整整花了一个白天，等他傍晚找到了那家鞋店一看，店铺早就关门了，他累得一屁股坐在店门前，想想自己白忙一阵，还是没有买到鞋，委屈得哭了起来。

这时，一个过路人走来，问他为什么哭，他就把买鞋的经过说了出来。过路人听了觉得奇怪，就问他："你是给自己买鞋，还是替别人代买？"他说："给自己买呀！"过路人立刻哈哈大笑，指着他的脚说："脚就在你身上长着，何必带什么尺码呢！"他听了之后不以为然，指着那截稻草说："我宁愿相信尺码，也不愿相信自己的脚。"

韩非写的这个郑人很可笑，但如此迷信教条，而不顾实际情况的人其实并未绝迹。

郑人乘凉

从前,有个郑国人,到一棵大树下乘凉。太阳在空中移动,树影也在地上移动,他不停地移动凉席,追着树影跑。到了黄昏,他又把凉席铺在树下。月亮出来了,月亮在空中移动,树影在地上移动,他又不停地移动凉席,追着树影跑,可是,他又担心露水会沾湿他的衣服。

渐渐地,月亮当顶,树影缩得愈来愈小了,他就径直躲到树底下,浑身上下也被露水沾得越来越湿了。这个人白天的乘凉方法,十分灵巧,可在晚上又用同样的方法,就显得笨拙极了。

情况发生了变化,可仍用老眼光看问题,用老办法去解决新问题,必然会碰壁受挫。这个故事对经验主义者是个很好的教育。

读 书 笔 记

_____年_____月_____日